LIGURIA IN GIALLO

5

Il nostro indirizzo internet è:
http://www.frillieditori.com
info@frillieditori.com

PROGETTO GRAFICO
CLAUDIA CORNAGLIA

LAYOUT COPERTINA
SARA CHIARA

IMPAGINAZIONE
MARINA RAVAZZA

EDIZIONE PRECEDENTE
R. Aufheben - Un Torquemada in Albenga
Fratelli Frilli Editori, I Tascabili, 2004

Via Priaruggia 31/1 - Genova - Tel. 0103074224 - 0103772846

ISBN 88-7563-102-6

FABRIZIO UBERTO

PARTITA DOPPIA

I platani di Villa Albaro

FRATELLI FRILLI EDITORI

Ad Adele
A Manlio

"Vivo nel paese della serietà, imprigionato dai suoi confini. Puoi disegnarmi una mappa che conduca alla terra del gioco che tu dici essere il naturale destino nostro e della vita? Ho forse un gene difettoso? Non riesco a trovare la mia risata e la mia leggerezza. Le posso vedere attorno a me ma non dentro di me".

OSHO, *Orme sulle rive dell'ignoto*

I PLATANI
DI VILLA ALBARO

romanzo di
FRANCESCO MANTERI

Prima Parte

9 giugno 1987

Scrivo.
Navigo nel tempo.
Oscillo tra memoria e indagini di senso.

• • •

Genova, 2 marzo 1987.

"Ma perché non mi ha chiamato prima?".
"Spe... speravo si facesse viva".
"Marzia abbiamo già perso troppo tempo".
"Ti prego... fai qualcosa".
"Ha detto Rapallo?".
"Sì".
"Appena posso la richiamo".

• • •

22 marzo

Venti giorni inutili sono passati da quella telefonata.
È svanita nel nulla.
Abbiamo trovato la sua Dyane a Rapallo, vicino al porticciolo.
Avendo la "delizia" di essere il procuratore, mi è toccata l'indagine.

Ho sguinzagliato i sommozzatori, setacciato tutta la costa.

Una testimone riferisce di averla vista su un Rapido per Parigi. Le sue dichiarazioni sono talmente generiche da scoraggiare qualsiasi riscontro.

Il giudice istruttore Palombi ha interrogato il mio amico Marco Fantoni, la domestica Marzia.

Abbiamo sentito anche i colleghi attori di Saverio de Palma, un tipo eccentrico tragicamente scomparso.

Non c'è uno straccio d'indizio.

Palombi sostiene si sia suicidata. A parole non riesco a dargli torto: mi sento avvinto dal suo fisico pacioso, da quella faccia stempiata che lo fa più vecchio dei suoi trentadue anni.

Avrei voluto rivolgermi agli amici...

Mi hanno abbandonato.

• • •

La mia malattia.

A sei anni mi aggiro per i compleanni, sbircio la sua eventuale presenza.

La delusione di non trovarla è un limbo senza attrattive.

Poi un lungo intervallo, qualche sporadico incontro.

A dieci anni siamo vicini di casa.

Giocatori di scacchi che si scrutano nelle minime mosse.

• • •

Il cinque maggio del '69 onoravo i miei dodici anni con un cinque in matematica. L'insufficienza era incorniciata dal commento spiritoso della professoressa: "La matematica non è il tuo forte Manteri!".

In autobus la solita Genova.

Facce plumbee mugugnavano contro le lotte operaie, invocavano un governo forte. Mi hanno dato il colpo di grazia.

L'indomani avrei voluto rifugiarmi da mia nonna, ma lei era in montagna con un'amica.

All'ora di pranzo un donnino, secco come non mai, mi aspettava sulla soglia. Capelli stinti raccolti a crocchio, mi fissava e scuoteva la testa.

"Tuo padre ti deve parlare".

Ha piazzato il solito indice davanti alla bocca.

Strana donna mia madre. Sa di medicinale e ha un rapporto maniacale con oggetti e arredi. Li riordina in continuazione.

Quando diceva "tuo padre" al posto di papà intendeva "castigo" o "esempio per tutti".

Michele Manteri mi aspetta in salotto. Per l'occasione la sua faccia è ancora più maschia e rotonda, i capelli neri squadrati a spazzola. In quel periodo aveva abitudini strane, girava con un taccuino in tasca.

Forse per la sua fisionomia, lontana dal resto della famiglia, l'ho sempre vissuto come un usurpatore.

Era in attesa, sul solito divano marrone. Mi sono seduto su una poltrona, i piedi mi sgambettavano frenetici.

"Non capisco, ho fatto solo quattro errori e 'quella' mi ha dato lo stesso cinque". Lui ha tirato fuori il taccuino, si è annotato qualcosa. Ha detto a labbra serrate: "Non uscirai per tutta la settimana, rimarrai a casa a studiare matematica".

La mia unica arma era chiudermi nella mia cameretta.

"Lascialo stare Luisa, quando avrà fame non troverà più niente".

In quella prima torre d'avorio mi baloccavo con realtà inesistenti. Ad esempio mi ero inventato un certo Paolo con il quale facevo le cose più turpi.

Anche quel giorno mi sono consultato con lui, ho concepito il mio piano.

La mattina dopo sono sgattaiolato in camera dei miei. Ho frugato nella borsetta di mia madre, le ho preso le chiavi di casa. La sera mio padre l'ha rimproverata per "l'ingiustificabile distrazione".

L'indomani sono uscito anzitempo da scuola.

Mi sono precipitato da un ferramenta, mi sono fatto fare un doppione delle chiavi. Nel pomeriggio i due si toglievano di torno. Mettevano la loro pesantezza a disposizione del prossimo: l'uno vessava sfortunati dipendenti; il donnino allietava case ammuffite e vecchie signore.

Verso le tre le ho telefonato.

Anche Micol aveva genitori apprensivi. Una famiglia disarmonica i Senisi.

La vivacità ebraica della madre non si combinava con il cattolicesimo bigotto del marito.

Quella volta la signora Marta era di buon umore, via libera a Micol.

Sono arrivato per primo alla fontanella, ho atteso la mia amica in tipico ritardo.

Dopo un po' è apparsa: candida nella sua camicetta di flanella e nel gonnellino rosa.

Potevamo benissimo essere fratelli: stessa età, biondi e mingherlini, lei batteva di un centimetro la mia mediocre statura.

Quel giorno non mi andava di fare la solita passeggiata. Il bosco davanti a casa invece: quello sì faceva al caso nostro. "Ci andiamo Micol?".

Lei s'è opposta ma la sua obiezione era recitata.

Citava i discorsi dei genitori, la loro condanna di quel luogo in cui si esprimeva il corpo: bisogni all'aria aperta, strani giornaletti, ragazzi grandi, esperti nell'arte del toccamento. Non mi c'è voluto molto a convincerla.

L'ho presa per mano, ci siamo incamminati. Ci siamo infilati in un varco della recinzione; siamo entrati nel bosco.

Abbiamo percorso un sentiero, costeggiato rami d'ortica e rovi protervi. Avevo paura: se lei se ne accorgeva, il gioco era finito. "Dai ancora uno sforzo"; sapevo che di lì a poco sarebbe apparso un prato.

Davanti a noi un archivolto di rami e sterpi; ci siamo accucciati, abbiamo camminato a ginocchioni: strisciavamo in una specie di passo del leopardo, finché siamo arrivati al prato.

Ci siamo sdraiati vicini; l'erba alta ci cullava nella nenia del vento. Le ho indicato un casolare in lontananza, le ho chiesto se voleva visitarlo. Lei ha obiettato qualcosa, voleva sapere se c'ero già stato. Non potevo certo dirle che con "Paolo"ci avevo passato un intero pomeriggio: le mani ingorde su uno stropicciato campionario di sessi maschili e femminili.

"Solo un giretto", ho detto; lei ha annuito perplessa.

Il casolare: un tetto rosso da fiaba, una porta di legno fradicio da sequestro di persona.

Ho sollevato la sbarra arrugginita. L'interno era da vecchio garage: divano sdrucito che vomitava rivoli di cotone, vecchi pneumatici sparsi dappertutto.

Ci siamo seduti sul divano, parlavamo senza guardarci.

Io: "Facciamo un gioco".

"Quale?".

"Facciamo tutto quello che ci viene in mente".

Silenzio.

"Anche se è proibito?".

"Sì".

Le ho chiesto se era d'accordo a tornare l'indomani.

Lei ha annuito; ho provato un piacere doloroso, una specie di coito interrotto.

• • •

Sono riuscito a rientrare prima dei miei. Alle sette mi hanno trovato nella cameretta, tranquillo e chino sui libri di scuola.

Lo sguardo tronfio di mio padre s'è posato sulla mia testina.

Ma c'era qualcosa che non andava nel mio piano.

Non mi bastava la sostanza della trasgressione; volevo anche l'apparenza.

• • •

Le cinque del giorno dopo: siamo nel casolare. Di nuovo seduti sul divano, di nuovo immersi in un silenzio preparatorio. "Facciamo così, facciamo quello che vogliamo ma senza guardarci" dico io.

"Sì però inizia tu".

Il fischio del vento copriva l'imbarazzo. Mi sono tolto la maglietta, l'ho buttata alle spalle. Poi ho guardato Micol con la coda dell'occhio; lei ha fatto un riso complice e soffocato.

Sentivo il suo profumo infantile; l'ombra di una manina sorvolava la sua camicetta. Slacciava il primo bottone, il secondo: asola dopo asola, è spuntato il suo pancino levigato. Alla fine s'è sfilata la camicetta, l'ha posata sul divano. E se fossero arrivati quei tali, gli uomini esperti nel toccamento?

Ho sfiorato i calzoncini; li ho slacciati.

L'ho guardata di striscio: era immobile. Mi sono sfilato i bermuda.

Lei s'è alzata con aria di sfida, è andata verso la porta; s'è fermata di colpo. Armeggiava con la sua gonna, l'ha fatta cadere a terra. Poi si è girata verso di me; ha sfoggiato le sue candide mutandine.

Allora ho preso coraggio.

Mi sono sfilato lo slip; lei mi guardava compiaciuta.

Il mio coso si era ingrossato, faceva capolino come un funghetto curioso.

Ma mai avrei pensato... Anche lei si è tolta le mutandine.

Non era proprio da bimba quella fessura: più grande di come me l'immaginavo e adombrata da ciuffi adolescenti. Veniva verso di me; si è fermata davanti alle mie ginocchia.

S'è abbassata, ha detto: "Non l'ho mai visto così da vicino, me lo fai toccare?". Mi sono coperto con una mano. "Andiamo via", ho urlato.

Lei era esterrefatta. "Hai capito o no che dobbiamo rivestirci?", ho detto sempre più pazzo.

Sbattiamo contro i pneumatici sbagliamo scambiamo i vestiti; in breve siamo fuori dal casolare.

Ho consultato il mio subacqueo; le otto meno un quarto. Due tipi, uno grasso in divisa e l'altro smilzo in giacca e cravatta, ci venivano incontro. "Sei tu Francesco Manteri?" ha urlato lo smilzo. Mi sentivo la voce congelata, riuscivo solo a muovere la testa. "Seguiteci, ci sono i vostri genitori un po' alterati", ha detto l'uomo in divisa; poi è scoppiato a ridere come un grasso maiale. Abbiamo rifatto il cammino in un silenzio di ghiaccio; come sottofondo il piantino di Micol. Siamo tornati alla rete di recinzione: ho dato un'occhiata al cortile, ho intravisto uno spiegamento di forze. C'era una pantera della Polizia, obliqua tipo blitz; il faccione infervorato di mio padre sputava parole verso mia madre; la signora Senisi dava ordini a un agente, suo marito guardava nel vuoto.

Facce alterate dall'ansia si voltano contro di noi; la Senisi correva verso la figlia, agitava una mano minacciosa.

Mio padre è rimasto immobile.

Sono andato io verso di lui: camminavo rigido, mi preparavo all'urto di quelle mani tracagnotte.

Gli ero davanti: ho socchiuso gli occhi come una bestia al macello.

Lui: una faccia da santone.

"Facciamo finta di avere sognato", ha detto con un tono da carosello. "Io non voglio sapere perché hai trasgredito, sappi solo che mi hai dato un grande dolore. Domani ognuno riprenderà la sua vita e presto dimenticheremo quest'increscioso episodio".

Ero la statua di un ebete: tutto ruotava in un vortice impazzito. Nell'aria prediche, convenevoli, commiati rombanti di macchine. Ho atteso qualcuno che mi portasse via; mi sentivo inutile come un rottame da scaricare.

• • •

In Procura un uomo-larva si atteggia a duro; attende fantomatiche telefonate.

L'ispettore Torresi fa battute sdrammatizzanti; io lo gelo con uno sguardo assente.

• • •

Un mese dopo la faccenda del bosco i Senisi avevano cambiato casa, s'erano trasferiti in una villa nell'elegante quartiere di Albaro.

Per due anni la combutta dei genitori mi aveva vietato di vederla. Era diventata una visione effimera, un casuale saluto interrotto da urla materne.

Tra me e Micol s'intrometteva un muro maligno, sulle cui increspature si arrampicavano le mie ultime speranze: mi frustrava la vista un consesso di platani, severi guardiani di un tesoro inviolabile.

A complicarmi la vita ci si era messo anche il caso Milena Sutter, la ragazzina assassinata.

I genitori genovesi impazziti d'apprensione, noi ragazzi più sconvolti dalla loro arteriosclerosi che dal maniaco in circolazione.

Ho dato addio alla passeggiata casa-scuola: un percorso spirituale che mi rigenerava.

Mi scortavano avanti e indietro come un pacco postale.

• • •

Nel giugno del '71 è morta Marta Senisi.

Un giorno sono entrato tutto saltellante in cucina e mia madre mi ha guardato con occhio spento, s'è messa il solito dito davanti alla bocca. Poi ha ricordato tutte le disgrazie di quella famiglia.

I nonni materni separati, morti in tragico avvicendamento. L'altra nonna prima vedova e poi rinchiusa in una casa di riposo.

Quella natura grigia si accendeva solo a parlare di operazioni chirurgiche e di decessi.

Le ho detto gelido: "Almeno la rivedrò".

• • •

Una calda mattinata commemorava la madre di Micol.

Ero costretto nella 500 materna e cercavo di essere triste, pensavo ai retroscena più deprimenti.

La chemioterapia, l'ultimo saluto alla figlia, il marito Dante che singhiozzava nel bagno. Ma non c'era niente da fare: mi era venuta un'eccitazione blasfema.

La borghesia genovese era al gran completo davanti al Tempio, la classica cornice di abiti scuri e visi segnati.

Questi "filantropi", gli stessi che in spiaggia rimangono impassibili davanti al morto annegato, si voltano verso di noi con mosse da moviola, ci calamitano nella folla con occhiate morbose.

Ho lasciato mia madre in balìa di un'amica logorroica, sono sgattaiolato per una navata laterale.

Mi sono nascosto dietro una colonna: l'ho subito vista, più alta e aggraziata di come me la ricordavo.

Era imprigionata fra Marzia e il padre, "molestata"dal rabbino che le accarezzava la nuca.

Sul catafalco la bara di Marta Senisi: slanciata ed elegante come la donna che avrebbe ospitato in eterno.

Poi la marea umana s'è riversata dentro ed io mi sentivo in un compartimento stagno, era come se non ci fosse nessuno.

La funzione è stata spietata, interminabile.

Alla fine mi sono fatto trascinare dall'onda dei lamenti, degli abbracci e dei bacini sulle guance, ho galleggiato passivo di nuovo verso l'atrio.

Mia madre mi ha chiamato e quel grido era il richiamo all'ordine, alla meschina quotidianità in cui tutto scivola via senza uno straccio di maturazione.

Le ho urlato di andarsene, sarei tornato in autobus.

Mi sono girato verso l'atrio e la bara mi è piombata sugli occhi, quasi mi ha accusato di qualcosa. Lei è apparsa: era stretta tra il padre e l'abbraccio da chioccia di Marzia.

Mi sono avvicinato. "Santa rassegnazione", cantilenava la domestica.

Micol mi ha sfiorato con lo sguardo; poi si è sganciata da quel capannello vizzo che violentava il suo dolore.

Adesso siamo uno di fronte all'altra: sentimenti muti ci scalpitano dentro.

Mi sono tuffato in quegli occhi cobalto: vedevo il nostro futuro, fisionomie diventare adulte e sfuggenti.

Nell'aria parole estranee al nostro mondo adolescente, piccoli sentimenti solo balbettati. Mi accarezzava i capelli.

"Venite qui!", ha urlato Dante.

Eccola, l'immancabile censura. Questa volta aveva il volto grifagno di Senisi padre.

Io e Micol ci siamo scambiati un'intesa, poi siamo andati a espiare.

Senisi ha scosso la testa; "Non mi piacciono questi atteggiamenti da grandi", ha detto con la sua voce nasale.

"Non capisco", ho replicato.

"In questo contesto non è opportuno...".

"Ha ragione".

Blandisco il suo dolore.

Tengo nascosta la mia mortificazione come una madre il figlio disgraziato.

• • •

S'è fatto tardi: nei corridoi del Tribunale "sopravviviamo" io e un commesso-zombie.

"L'importante è esserci", dice lo zombie con voce strascicata, "fare atto di presenza".

Per disperazione vado a trovare Marzia.

La trovo circondata da bambole antiche, accasciata su una sedia a dondolo. È smagrita dal Parkinson, le sopracciglia aggrottate in un'espressione cattiva.

Mi accoglie con un tremolìo del mento, un misto tra malattia e disapprovazione.

"Santa rassegnazione", ripete con una voce nasale.

Un disco incantato su un vecchio grammofono.

• • •

L'estate del '71 l'avevo trascorsa in montagna con i miei, un incubo di regole e divieti.

Rientrato in città, le ho subito telefonato.

Mi ha risposto il padre col suo tono da prete.

Gli ho chiesto notizie della figlia. Dante il gretto ignorava la mia preoccupazione, la liquidava con un: "Scusa ma la piccola non può essere disturbata".

Un pomeriggio, completino blu e banalissima scatola di cioccolatini, ho raggiunto villa Albaro.

Al citofono ho detto che "ero un compagno di classe di Micol con un importante messaggio da parte della preside". Il cancello si è aperto in uno stridio agghiacciante; il giardino era deserto, i platani mi guardavano in cagnesco. Ho premuto il campanello con un gesto timido: la colonna sonora dei ricchi ha sempre quel leggero din don, lascia il dubbio sul suo effettivo funzionamento. Dopo un minuto si apre mezza porta: la catenella antisconosciuto, la faccia larga di Marzia.

"Lo sai che non può essere disturbata?".

"Perché?".

Come risposta ha fatto un sospiro, poi ha aperto la porta. Mi ha fatto sedere su un divanetto, ha sussurrato: "Vado ad avvisarla".

Ho sentito un borbottio in lontananza; mi sono incantato su un canterano Luigi Filippo e su una cristalliera di mogano, "l'antico"che la morte di Marta aveva reso decadente. Ecco di nuovo Marzia; il suo "Vieni"è rassegnato.

Abbiamo percorso in silenzio il piccolo corridoio, siamo arrivati davanti a una porta rosa. La domestica m'ha instradato con un gesto secco.

Un essere sfatto è seduto su una poltrona panciuta.

Capelli unti, occhialini sul naso; mi domandavo se fosse veramente lei.

Ho fatto un sorriso stereotipato.

"Allora? Hai perso la lingua?"mi ha apostrofato.

"No è che... questo è per te".

Le ho mostrato i cioccolatini. Lei ha fatto un risolino tronco. "Mettili lì", ha detto indicando il letto.

Ha riso di nuovo; "Non mi riconoscevi, non mi riconoscevi" ha cantilenato.

Ho posato la scatola e... mi sono sentito strano, privo d'identità. Ho fatto uno sforzo. "Come stai?".

Lei ha chiuso gli occhi, li ha riaperti di colpo. Aveva una specie di atlante sulle ginocchia, lo sfogliava come se non ci fossi mai stato.

"Scusa vuoi che vada via?".

Lei continuava a scartabellare.

All'improvviso è scattata in piedi, mi ha mostrato un lembo della sua vestaglia da ospedale. Ha detto sguaiata: "Hai visto come sono, hai visto?"; ha sghignazzato, s'è ammutolita di colpo. È tornata alla poltrona, c'è ripiombata sopra con un saltino. Ha richiuso gli occhi.

Mi sono fatto forza.

Sono andato da lei con un passo da astronauta: mi sono curvato sul suo viso. "Non dormo stai tranquillo", ha detto acida. Ho cercato di accarezzarla ma è sgusciata via. Ha corso verso la porta, s'è appoggiata di schiena al battente, s'è afflosciata in terra come una bambola rotta. Singhiozzava. "È finito tutto sogno luce sì sì finito".

Davanti a me le paure dei grandi; le signore "dolore", "malattia"e "follia" mi girano intorno in una danza nauseante.

Mi sono scosso al familiare scalpicciare di pantofole.

Sembravamo un trittico: un trittico marmoreo come le vittime di Pompei. Io con una mano sulla fronte, Micol accovacciata a capo chino, la domestica che lanciava sguardi severi.

"Ti avevo avvisato", ha detto Marzia.

Mi sono avvicinato a Micol: "Non vuoi che rimanga?"; lei ha ripreso a singhiozzare. Camminavo per il corridoio e mi sentivo un viandante spaesato, unica bussola la grossa sagoma in grembiule.

"Santa rassegnazione", sibilava la domestica.

Nell'atrio un incrocio freddo di sguardi: parlava di solitudine e di abbandono.

Il caldo dell'infanzia mi aveva abbandonato.

• • •

Con Palombi abbiamo esaurito gli interrogatori. Non c'è più nessuno con cui poter parlare di Micol.

Di tutti i silenzi, il più insopportabile è quello di Marzia.

Gli ho messo il telefono sotto controllo, ma l'unica che la chiama è l'infermiera.

Parlo dei miei dubbi con Torresi: "'Sta vecchia è andata, ci ha i fantasmi mentali", dice lui lisciandosi i baffoni.

• • •

"Pronto Micol?".
"Sei tu?".
"Come stai?".
"Perché sei scappato?".
"Scappato?".
"Sì da casa mia, un altro sarebbe rimasto, non avrebbe avuto paura".
"Cosa fai ora?".
"Parto per la montagna".
"Ci vediamo quando torni?".
"Forse".

• • •

Mi aveva mortificato.
Così mi ero rivolto ai miei.
Mia madre l'ha dipinta come una ragazza malata, logorata mentalmente dalle disgrazie familiari.
"Dai retta, ormai è una donna, non fa certo per te", ha detto mio padre.

• • •

La vigilia di liceo ero nel cortile della nuova scuola.
Scorrevo l'elenco dei compagni di classe e un nome m'è suonato beffardo. Ho guardato meglio: caratteri d'inchiostro ripetevano il verdetto.
Mi sentivo un mulino a vento: correnti di sentimento mi rintronavano, tacevano la ragione del mio star male.

• • •

Il giorno dopo non mi interessavano i professori, le facce amorfe dei compagni di classe. Defilato nel solito ultimo banco, continuavo a studiarla. Sembrava guarita dall'esaurimento, scintillava d'allegria.

Era leggermente cresciuta di statura, ma sempre esile, mingherlina. Ripensavo alle parole di mio padre e mi accorgevo di guardarla con occhi deformati.

La suggestione me la faceva sembrare più adulta.

Parlottava con le amiche, mi lanciava occhiate di superiorità: mi ricacciava indietro, nel ghetto dell'infanzia.

• • •

I due anni di ginnasio sono passati così, incolori come quel primo giorno. Lei frequentava ragazzi più grandi, adeguatamente motorizzati.

Tentavo qualche approccio, le ricordavo episodi del passato; lei mi sbatteva in faccia lo squallido presente, fatto di latino e di compiti in classe.

La sua unica preoccupazione era di fare la fine di Milena Sutter.

E quando lo diceva diventava ancora più antipatica.

• • •

All'inizio del liceo mio padre aveva ripreso a imperversare.

Le sue fissazioni erano l'ordine esteriore e mentale, il controllo del mio rendimento scolastico e l'imperativo con cui chiudeva tutti i suoi discorsi.

"Emergi", diceva; scandiva questa parola alla fine dei pasti, mi perforava lo stomaco come un noioso medicinale. "Bisogna star lontani dagli innamoramenti, cose da ragazzine e disdicevoli per i maschi della tua età", ripeteva in un ritornello allusivo.

Ogni tanto aveva opinioni originali, benché tagliate con l'accetta. Te le fiondava addosso senza possibilità di replica.

Altre volte mi sembrava fragile, quasi umano.

A tavola parlava della faccenda delle "Brigate Rosse", diceva di essere nel mirino dei terroristi.

Il suo viso, di solito irrigidito nella mascella volitiva, diventava improvvisamente malinconico, lo sguardo sospeso nel vuoto.

Mia madre che creava un clima "sereno", sussurrava alla domestica: "Già me lo vedo in terra, con tutta quella Polizia intorno".

Io concepivo un mio "progetto".

E giravo con un taccuino in tasca.

• • •

L'anziano della "scientifica", monotono come un becchino, mi dà la primizia del giorno.

Sembrava dormisse, cullata dai ricordi e dalla sedia a dondolo.

Povera Marzia.

Il suo telefono squillerà a vuoto: petulante reliquia del passato.

• • •

Avevo coinvolto nel mio "progetto" due compagni di classe, Anna Braglia e Piero Migliorini.

Due tipi diversi: vivace lei, timido e acuto lui. Ma entrambi accomunati dall'anticonformismo.

Poi ho convinto il mio compagno di banco Marco Fantoni, la sua praticità puntigliosa. Era un ragazzo di buona famiglia, perfetto nel suo abbigliamento firmato e nei capelli bruni squadrati.

Preferiva far parlare me, mi dava consigli quasi sempre azzeccati.

Suo padre, svagato psichiatra con la erre moscia, gli ripeteva: "Tesoro cerca di rompere qualche schema ogni tanto".

Ho anche cercato di coinvolgere Micol.

Negli ultimi tempi faceva interventi anticonformisti, pieni di verve. Mi sembrava interessata.

Una mattina si è infilata nel mio banco, ha detto ridendo: "Ci andiamo Micol?". Aveva evocato il bosco, la voglia di qualcosa di proibito.

Sono arrossito.

Ho sentito alle spalle il tunnel dell'emarginazione.

• • •

La formazione era quasi completa.

Mi mancava una pedina, un temerario che mi facesse da battistrada.

Ivano Sarti ad esempio.

L'avevo conosciuto l'estate prima a Santa Margherita.

Mi aveva colpito la bizzarria, si scagliava contro la sua Milano "spocchiosa ed arricchita".

Ma ormai era un'astrazione.

A settembre era morto in un incidente stradale.

• • •

Don Filangeri era in piedi davanti alla cattedra, mani intrecciate e solita aria di scusarsi di essere al mondo. Ci stava intrattenendo sulla sacralità del matrimonio.

Ha martellato i nostri cervelli, poi s'è asciugato la fronte pelata.

Ha detto: "Volete spendere una parolina su un tema così importante?".

Sono uscite le consuete banalità: apologie di genitori, famigliole serene. Al Don è venuto il solito colorito rosso-commiato.

Ci dava le spalle, stava chiudendo la cartella, quando. "Il matrimonio è la continuazione istituzionale di un rapporto già finito", ha detto Ivano Sarti.

Filangeri s'è bloccato in posizione da colpo della strega. Poi s'è girato lentamente: ha sorriso a denti stretti, impallidiva in una tinta rosa-stinto. "Come dici scusa?", ha detto con voce stolida.

"Sono con Fourier Don".
"Come?".
"La famiglia è la quintessenza dell'egoismo, una cella totalmente incomunicabile con il resto della società". Il Don ha alzato un dito ma Ivano lo travolgeva, lo trascinava su territori inesplorati.
Non c'era più niente di sicuro: la verità di ogni cosa si scopriva attimo per attimo, crollavano i luoghi comuni e il mesto pudore intellettuale.
Ivano ero io. Lo ero nei gesti, nel tono della voce, metallica e profonda, lontana anni luce dalle mie tonalità incerte.
Avevo addosso gli occhi di tutti, lo sguardo ammirato di Micol, l'espressione allibita di Marco.
Il Don: "Spero che tu non creda veramente a quello che dici".
"Non se ne vada Don, le voglio presentare la Cat".
"Cosa?".
"Ma sì, la classe alternativa trasgressiva".
A un cenno si alzano i proseliti.
Il prete ha fatto un sorriso artificiale: "Ma cosa avete intenzione di fare?".
"Uccidere i luoghi comuni che annientano i cervelli".
Lui s'è rimpicciolito per l'indignazione, è sgusciato dietro la porta-tana.

• • •

Mi chiama Torresi: una seconda ragazza si è volatilizzata.
Seduto allo scrittoio, interrogo la mia inerzia.
Mezz'ora dopo un altro squillo arrogante.
Esco di casa scarmigliato, il pigiama sotto i calzoni.
Pianto la macchina davanti all'ingresso "Volanti", un poliziotto mi guarda annichilito.
Torresi e il Questore Galderisi hanno facce da funerale.

Ansimo. "Micol?".

Galderisi: "Strana telefonata, una voce stridula ha detto che Micol sta male".

"Il luogo maledizione, da dove chiamava?".

"Ha riattaccato subito. Purtroppo", dice il Questore in tono dottorale.

• • •

In casa di Piero Migliorini avevamo firmato lo statuto della Cat. Io ero il Presidente, curavo la sezione "Abbattimento luoghi comuni"; Micol sceglieva gli argomenti che dovevano essere discussi; Marco ed Anna curavano un giornalino che avrebbe pubblicizzato le nostre trovate.

• • •

Solo Anna mi spalleggiava. Era la tipica donna-contro e il cespuglio di capelli alla Battisti la rendeva ancor più confusionaria.

L'occhialuto Piero faceva la sua parte di testa d'uovo acuta ma dimessa.

Marco mi lasciava allo sbaraglio quando si dovevano contraddire i professori.

• • •

"È solo un maiale".

La pingue professoressa d'italiano Pina Moratto stava parlando di Pasolini. Ho guardato i miei compagni: nessuno osava contraddire la vegliarda.

Allora mi sono alzato, le ho dato della "retrograda fascista".

"Non permetterti", ha detto lei paonazza.

"E non ho finito", ho aggiunto con Marco che mi allungava un calcio; “Lei non capisce, cara prof, i legami profondi fra creatività e perversione”.

“Ti proibisco di continuare”.

“La perversione può essere l’inevitabile sbocco di una personalità ricca, molteplice, inesauribile”.

“Esci da quest’aula!”.

“Invece lei pensa che se un artista è perverso bisogna anche stroncare la sua opera, si è mai sentita una stupidaggine più grossa?”.

“Fuori!”.

“Io invece plaudo alla dimensione criminale dell’arte; non me ne frega niente che Van Gogh molestasse le ragazzine o che Miller passasse da un’orgia all’altra!”.

Alla parola “orgia” la classe esplode in un applauso; la prof non riusciva più a parlare, sbuffava dalle narici come una mucca imbizzarrita.

Ha raccattato i suoi libri, li ha avvolti in un abbraccio protettivo. “Con te Manteri, ci rivedremo in presidenza”, ha detto violacea.

Mi sono voltato verso Micol; scuoteva la testa in segno di disapprovazione.

• • •

Mi si è avvicinata Anna Braglia; ha detto che avevo carattere.

Marco è sgusciato via dal banco, è andato da Micol.

Le ha sussurrato qualcosa, sono usciti di corsa dall’aula. Parlottavano dietro il banco del bidello.

Li ho raggiunti; Micol ha abbassato lo sguardo.

Ho detto: “Qualcosa non va?”.

“Tutto non va”, ha risposto lei. Li ho squadrati dall’alto in basso, poi: “Vi volevo ringraziare per ‘l’utile e fattiva collaborazione’”.

“Tu sei pazzo”, ha detto Micol. Marco ha unito le mani, le ha mosse in atteggiamento paterno: “Scusa ma ci stai mettendo in difficoltà”.

Ho infilato una mano nei calzoni, preso penna e taccuino. Ho barrato con una riga i loro nomi.

Micol mi ha commiserato con lo sguardo.

• • •

Palombi ha un soprassalto di bontà, mi fa sentire la registrazione della telefonata.

Voce falsata, sesso incerto.

Sperare: convivere con la parte incancrenita di me stesso.

• • •

Dopo il voltafaccia di Micol, la Cat non aveva più senso: mi mancava il vero pubblico, l'unico per il quale valeva la pena trasgredire.

D'accordo con Piero ed Anna ho fatto morire l'associazione.

Mi ero chiuso in casa, non volevo vedere nessuno.

• • •

Un tardo mattino di marzo.

La scuola si svuota, le elezioni sono alle porte.

Mi godevo la moto, i miei me l'avevano regalata in un momento di pietà. Avevo davanti un autobus, non riuscivo a superarlo.

Il bus ha rallentato; la "Vespa" mi si è spenta in un rantolo sinistro. Dietro, l'immancabile strombazzare, i primi insulti nella solita cadenza. Mi sono accostato al marciapiede. Intanto l'autobus si è fermato.

La frotta degli studenti scorreva dalle uscite, un torrente allegro, lontano dalle mie preoccupazioni.

Qualcosa mi ha distratto.

Il mio compagno di banco faceva il galante, le portava la cartella: la stupida era compiaciuta, faceva finta di protestare.

Poi un improvviso rallentare di gesti. Si sono fermati uno di fronte all'altro.

Un bacio sulla bocca.

La colpa era mia: mi ero costruito una realtà immaginaria, un castello di carta di affinità inesistenti.

Ho dato un calcio alla pedivella della "Vespa".

La solita espiazione di noi "motorizzati".

La fitta ci aggrediva in pubblico, quando ci pavoneggiavamo davanti al mondo.

Ho esagerato il dolore, mi sono accasciato in terra. Sono rimasto seduto, inerte.

La mia fantasia rincorreva Micol, un gesto immaginario di soccorso.

• • •

Marco ha ammesso tutto.

Non capiva la mia indignazione, fra me e lei c'era solo amicizia.

Faceva osservazioni puntuali, mi riusciva difficile replicare qualcosa; mi spiazzava il bel ragionare, per lui i problemi non esistevano, piccoli tasselli ricomposti nel mosaico della serenità.

Parlando con lui avevo la sensazione che anche i sentimenti più forti fossero degli abbagli, le delusioni aspettative impropriamente coltivate.

Ma quella volta non mi sono fatto abbindolare.

Gli ho detto che avrei cambiato banco.

• • •

Mi sono seduto vicino a Fabio Masera, un tipo burlone da cui tutti stavano alla larga.

Lei cercava di parlarmi, io le rispondevo a monosillabi.

Nel suo sguardo la determinazione si mischiava all'affetto, a un passato da cui tentava di districarsi.

Ho passato giorni di totale apatia.

Andavo a trovare mia nonna e mi domandavo come avesse potuto partorire mia madre, così amorfa, lontana dalla sua mente brillante.

Mia nonna esaltava le mie qualità, mi raccomandava la costruttiva programmazione di ogni giornata.

Uscivo da questi incontri rinfrancato, lanciato verso nuove iniziative e stati mentali.

Razionalizzavo il distacco da Marco e Micol, il loro patetico incontro inevitabile.

• • •

Entra Torresi, lo sguardo fisso su un taccuino.

Mi guarda come un ebete, balbetta: "Rapallo... ragazza bionda... sulla trentina".

La vita che zampilla via dai fori calibro 38.

• • •

Un giorno di maggio mia madre era andata a Firenze, sono stato costretto a pranzare con mio padre.

Osservavo la sua concitazione, mangiava come se stessero per togliergli il piatto. Una miscela pesantissima di silenzio, risucchiare di brodo e televisore acceso.

Il telegiornale ha dato la notizia di un nuovo governo democristiano. "Finalmente un signor governo", commenta mio padre.

Tiravo su il brodo, lo guardavo con un senso di pena.

"Tu cosa ne pensi? Secondo me bisogna ringraziare la nostra italica tendenza al compromesso, ci preserva da guai peggiori".

Mi sono morso le labbra.

"Allora?". Ho bevuto un sorso d'acqua. "Hai perso la lingua?".

"Bisogna scuotere questa gentaglia che è al potere".

Lui ha stretto le palpebre: "Cosa vuoi dire, spiegati".

"Bisogna lottare contro questo sistema incancrenito".

"Visto che queste cose a casa mia non le dici, ora te ne vai in camera e salti il pranzo".

Mi sono alzato di scatto, ho fatto cadere il tovagliolo.

Ho detto: "Non è casa tua".

"Cosa?".

"Sei un usurpatore!".

Si è alzato in piedi, il viso gonfio di rabbia trattenuta.

Ho indietreggiato con il sorriso sulle labbra.

Mi sentivo ancora più vicino a Ivano.

• • •

"Maledizione mi volete dire chi è ?".

Aggredisco il capitano dei carabinieri, mi sento lo stomaco di marmo.

"Dottore aspetti un momento".

"Allora?".

"È Franca Misiani".

"...".

"Pronto? Io non la sento più, pronto, pronto?".

• • •

Genova, giugno 1974

Cari genitori vi scrivo queste poche righe per dirvi che sono in partenza per Roma.

Sono nauseato dai nostri politici e mi sento attratto dalle lotte studentesche.

Nel cassetto di papà non troverete più la busta con le duecentomila della vendita dei libri usati.

D'altra parte non capisco perché dovesse tenersele lui come una sua proprietà.

Mi farò vivo.
Francesco.

• • •

Anche la venticinquenne Paola Antinori non dà più sue notizie.
Torresi si esalta, parla di coincidenze indiscutibili.
Con i miei faccio il cinico, dico: "Bisogna prendere in considerazione anche questa possibilità".
Per mio padre Micol se l'è cercata, aveva troppi grilli per la testa.
Mia madre inorridisce.
Quel dito sulla bocca: clausura di una vita contro scomode verità.

• • •

Il cassetto con le duecentomila era chiuso a chiave, sigillato dall'avarizia.
Mi sono rifugiato in un vecchio ostello sul lungomare di Nervi.
Alle undici di sera ero a letto, scrutavo il telefono.
Il soffitto scrostato aveva un effetto ipnotico, rifletteva un non senso.
Ho sentito bussare.
Barba arruffata, giubbotto di pelle: un look da artista maledetto. Ostentava una ventiquattrore spellata, l'ha gettata su un tavolaccio.
Ha girato una sedia, ci si è messo a cavalcioni.
Ha detto: "Sono in forma per essere un morto no?".
Mi ero seduto sul letto, appoggiato a un cuscino; sembravamo il dottore e l'ammalato, il silenzio precedeva chissà quali rivelazioni.
Ivano s'è acceso una sigaretta, ha detto: "Ho una nuova vita adesso".
"Cioè?".
"A Santa mi sentivo amorfo, nuotavo dentro a un'acquetta incolore".

Si è alzato di scatto, è andato alla finestra. Fumava platealmente, la schiena appoggiata al muro.

"Ne avevo per l'anima di farmi mantenere. Ho dato lezioni di sax, ho venduto registratori di cassa. Dopo sono stato a Trento, ho conosciuto un tizio".

Mi studiava con lo sguardo. Ha spento il mozzicone sul davanzale, mi ha fissato di nuovo. "Ho ingoiato troppa merda Francesco, ora sono al top. Ne ho piene le scatole dell'ambiente in cui sono cresciuto, di questi politici schifosi. È da quando sono nato che sento parlare di soldi e di tutti i maledetti modi di procurarseli".

Mi ricordavo le sue reazioni violente, con lui bisognava centellinare le parole.

"Anch'io sono stufo", ho balbettato.

"E perché cavolo non reagisci?".

"E... come?".

"Associati, hai capito il concetto?".

"Quale?".

M'ha guardato con aria compassionevole.

Ha preso la valigetta, ha fatto ruotare la combinazione.

Ha tirato fuori una pistola. L'ha presa per la canna, l'ha agitata in aria. Ha urlato: "Questo, lo vedi questo? Dobbiamo sacrificare tuo padre". Aveva le pupille dilatate, perse nel vuoto.

"SMETTILA!", gli ho urlato, lui continuava, "FINISCILA!"e sghignazzava,"METTILA GIÙ!". "Sei mica una femminuccia".

Gli ho bloccato il braccio, lui mi ha dato uno spintone, ha detto: "Stai calmo cretino".

Ha lanciato la pistola sul letto: "Meglio così signorina?".

Tremavo di rabbia e di delusione, mi sentivo la faccia infuocata, lacrime trattenute dalla vergogna. Sono crollato sul letto, stavo a capo chino, il viso nascosto tra le mani.

Lui ha rovistato nella valigetta, ha tirato fuori una cartellina rosso fuoco.

Sono andato al lavabo.

"Allora?", mi ha aggredito la sua voce.

Non ho detto niente.

Lui ha fatto un ghigno, sventolava un ciclostile con un titolo in neretto: "Fatti e misfatti dell'ingegner Manteri".

Ho sputato bile contro lo specchio.

*

Mi sono svegliato di colpo.

Ho pianto, vegliato dalle ragnatele.

Perché non riuscivo a vivere senza Ivano?

Rivedevo la casa di mia nonna.

Riascoltavo paternali sulla necessità di una mia maturazione.

• • •

Passo la notte in ufficio.

Sonnecchio, la testa appoggiata sulla scrivania.

Alle sei un carabiniere di leva fa capolino. Movenze da cameriere, mi propina il suo "menù".

"Antinori Paola, 25 anni, studentessa. Luogo: scogliera Chiavari. Morte presumibile: ferita d'arma da fuoco".

• • •

Mi sentivo la febbre: l'intonaco dell'ostello si gonfiava, mi stringeva in una morsa gelatinosa.

Alla fine l'ho chiamata.

Ha detto di essere preoccupata: "Si può sapere dove sei finito? Che cavolo, un minimo di sensibilità".

Io fingevo di essere in una stazione, abbiamo iniziato un dialogo penoso.

"Scusa ma non si capisce niente, puoi ripetere?".

"Ho detto che sono preoccupata".

"Come sta Marco?".
"Cosa?".
"Ho detto come sta Marco?".
"Lasciamo perdere".
"È pur sempre il tuo fidanzato".
"Non mi interessa parlare di lui".
"L'avete fatto, eh?".
"Smettila".
"Stammi a sentire, non mi interessa niente delle tue preoccupazioni e non mi venire a parlare di sensibilità proprio tu che hai sputato sulla nostra amicizia!".
"Ma se ho...".
"E non ho finito, non ti mettere in testa di venirmi a cercare, io la mia scelta l'ho fatta ed ora voglio chiudere questa squallida telefonata ciao!".

• • •

Torresi mi riporta in Procura.
Abbasso il parasole, mi guardo allo specchietto: due pupille grigie, color del vuoto.
Fisso il viso di carta dell'Antinori, il ventre dilatato dal seme assassino.
Poi torno sulla faccia: diventa color latte, capelli fulvi scoloriscono in una tinta biondastra.
Occhi di cielo mi fissano accusatori.
Lei.
Mi implora di farla finita, la sua bellezza straziata prima o poi m'avrebbe inchiodato.

• • •

La situazione si era complicata. Ero rimasto senza soldi, temevo che da un momento all'altro mio padre avrebbe fatto irruzione nell'ostello, magari alla testa dei soliti parenti-scagnozzi.

Così avevo deciso per una mesta ritirata, ero tornato a casa stremato di paura.

Ne ero sicuro: i miei mi avrebbero internato in un collegio.

Invece.

Intorno a me un'atmosfera ipocrita, una coperta di comprensione. Vivevo coccolato da sguardi benevoli, domande, attenzione discreta per le mie opinioni.

Mio padre s'è messo a recitare la parte dello psicologo; lo assisteva lo sguardo da infermiera di sua moglie.

A pranzo Michele Manteri dava il meglio di sé. Mandava giù un preparatorio sorso di vino, mi scrutava per indovinare il mio umore. Poi mi faceva domande del tipo: "Come va il rapporto con i professori?", o "Dove sei arrivato con il programma di storia?".

Assistevo alla sua recita. Improvvisava autocritiche improbabili, diceva: "Luisa, diciamoci la verità, quanto tempo abbiamo dedicato a nostro figlio?".

Io gli rispondevo distratto; sentivo la precarietà di quell'equilibrio, i risentimenti e le tensioni che ribollivano sotto il coperchio della finzione.

Continuavo a vedere in lui il gusto della prevaricazione, un volontà di dominio appena velata dalla diplomazia.

Ma mi sforzavo lo stesso di andargli incontro, sceglievo le risposte più adatte alle sue aspettative.

Aiutavo il mondo a decifrare l'enigma che ero diventato.

• • •

In quei giorni Micol mi sembrava depressa; non capivo il suo rapporto con Marco, l'ambigua trama di sguardi con cui comunicavano.

Con me faceva l'estranea: mi salutava a stento, mi fulminava con occhiate di disprezzo. L'ultimo giorno di scuola l'ho seguita di nascosto fino al parcheggio dei motorini.

Mi sono accucciato dietro un albero.

Lei mi dava le spalle: era china sul suo "Ciao", trafficava con un gancetto ribelle.

Mi sono avvicinato. "Un aiuto?".

S'è girata di scatto: "Sei matto?". Era pallida, lo sguardo pieno di risentimento.

"Scusami per l'altro giorno".

"Ci riesci ad essere stronzo".

Mi sono abbassato verso il gancetto, "è rotto, i libri te li porto io".

Ha fatto una faccia ambigua: oscillava fra l'indignazione e la voglia di fare pace.

Le ho preso la cartella; mi ha guardato inerte.

"Ci vediamo davanti a casa tua", ho insistito.

S'è passata una mano fra i capelli. Poi ha scosso la testa. "Hai sempre l'ultima parola mister stranezza".

• • •

Torresi.

Mi tortura con i suoi squilli notturni.

"Anche al cinema signor giudice".

"Ma cosa dici?".

"Sissignore nel cesso, nel cesso di un cinema ha colpito quel disgraziato".

Maria Barberis aveva gli slip abbassati, occhi sgranati e imploranti.

"Cosa stiamo facendo Torresi?".

"Come signor giudice?".

"SÌ DICO STIAMO A GIRARCI I POLLICI MENTRE QUESTE CREPANO COME MOSCHE?".

• • •

Il giorno della riconciliazione con Micol ero rimasto impigliato in goffe spiegazioni: mozziconi di frasi sotto casa sua, subito interrotte dall'arrivo di suo padre.

A scuola avevamo ripreso a parlarci; la nostra prigione era una cordialità di maniera, una nebbia di cose non dette.

La notte ero agitato, la mia emotività cercava uno sfogo.

Pensavo di invitarla a casa mia, ma mi sentivo troppo lucido per una proposta del genere.

Un pigiama party e l'assenza dei miei mi hanno fatto sbloccare.

• • •

Mezzanotte di quel sabato: un salotto si svuota tra sguardi scandalizzati e ironiche pacche sulle spalle.

Era rimasta lei, la sua camicia da notte turchina.

Siamo seduti sul divano marrone; il simbolo di tante battaglie con mio padre brillava di una luce soffusa, un'aura di tenerezza. Non sapevamo da che parte cominciare.

"Andiamo di là", le ho detto.

Siamo in camera mia; con lei sulla sponda del letto, la stanza si accendeva di un sapore clandestino.

Stavamo fianco a fianco senza guardarci. Timidamente s'è girata verso di me: "Allora come stai?".

"Così", ho risposto guardando il muro.

"Vieni prendiamoci qualcosa di caldo".

Micol parlava di sé: le stava stretta quella camera da letto, l'idea di un approccio sessuale.

Ho acceso lo stereo con un gesto deluso.

Siamo andati in cucina accompagnati da Al Stuart, il suo "Year of the cat" addolciva interrogativi.

Lei mi ha chiesto indicazioni su tazze e pentolino; poi s'è abbassata davanti a uno sportello.

Ho intravisto il bianco del suo slip, mi sono lanciato nelle prime fantasie.

Ho fantasticato che lo sportello non fosse uno sportello ma qualcos'altro, qualcosa che Micol non vedeva dai tempi del bosco. Allora ho immaginato la sua faccia davanti al mio sesso adolescente, i suoi occhi languidi.

Cinque minuti dopo siamo seduti uno di fronte all'altra; una scatola di biscotti mi riparava dalla timidezza, aggiungeva distanza alla mia voglia di comunicare.

Lei ha spostato la scatola, ha detto: "Beh? Non mi dici niente?".

"Sai già tutto no?".

Avevo negli occhi le sue mutandine, la voglia di scoprire un mondo sconosciuto.

La mia eccitazione fremeva sotto i calzoni: ho cercato di scuotermi, simulato interesse per la conversazione.

"Che idea ti sei fatta di me?".

Ha sorriso, s'è coperta gli occhi con un gesto di finta disperazione. Poi ha scoperto il viso, ha sospirato.

"Alle tue trasgressioni non ho creduto per niente. Soprattutto ora che ti vedo così, col pigiamino ad orsacchiotti". Scoppia a ridere. Torna seria. "Scherzi a parte hai troppi principi, troppa bontà soprattutto".

Il suo "troppo buono"suonava di moscio, di senza carattere.

Intanto si era alzata, era andata al lavello. Sciacquava la tazza, parlava rivolta al muro. "Hai sempre avuto questa voglia di stupire gli altri, ma ti rendi conto di aver esagerato?".

"Mi consideri un pazzo?".

"Ti considero uno che recita sempre".

Avrei voluto andarle vicino, ma mi vergognavo della mia eccitazione. Allora ho pensato a cose spiacevoli.

Ho detto: "C'entri anche tu in questo casino".

"Sì?".

Ha raggiunto la credenza, ha preso in mano un bilancino-souvenir con i mori di San Marco: lo guardava in controluce fintamente incuriosita.

"Non sto più con Marco, e comunque...".

"Comunque?".

"Comunque".

Ha posato il bilancino; si guardava il palmo di una mano, parlava a occhi bassi. "Ci conosciamo da una vita e la nostra è sempre stata un'amicizia. E allora perché cambiare, magari rovinare tutto?".

Sotto i pantaloni ero tornato normale, finalmente mi potevo alzare. Le sono andato vicino, sentivo la fragranza di margherita della sua pelle. "La nostra sarà anche un'amicizia ma c'è qualcosa che non mi torna".

Lei ha fatto un'espressione accogliente. "Cosa non ti torna?".

"Non mi torna questo cercarci e perderci e ritrovarci, questo rapporto che non si sa che cosa sia".

Mi ha guardato con occhi incerti.

"Non mi sei certo indifferente. Ma non voglio guastare tutto con un gesto affrettato".

Ha fatto qualche passo di disimpegno, "ora mi devo cambiare", ha detto con aria maliziosa.

È andata in bagno.

Attraverso il muro un'eco felpata, la sua toilette.

Avrei dovuto essere deluso. Invece ero lanciato verso il futuro, mi sentivo una voglia di conquista.

Avrei voluto ammirarla dal buco della serratura, ma anche un rapporto platonico, cenare insieme, guardare la TV.

Avrei voluto.

Poi il sogno si spezza. Spunta col dolcevita, con la sua minigonna scozzese. E quel borsone da viaggio che sa di delusione. "Ora devo andare".

"Ci vediamo lunedì no?". Una domanda stupida, come se temessi davvero un cambiamento di programma, un imprevisto che me la portasse via per sempre.

Lei ha annuito: un clima di gesti rimandati, un bacio casto di commiato.

L'ho guardata scendere le scale: sembrava volasse, era armoniosa e sicura di sé.

• • •

Continuavamo a essere ambigui, l'ambiguità era la nostra promessa.

Parlavamo molto, ci scambiavamo incertezze ed emozioni.

Per due anni siamo andati avanti così.

In fondo vivevamo della stessa paura: che uno dei due proditoriamente trovasse la persona giusta.

• • •

Attraverso il cortile del Tribunale a passo frenetico, non saluto nessuno.

Spalanco la porta dell'ufficio: una donna delle pulizie con la faccia da faina fa finta di spolverare. "L'HO DETTO CENTO VOLTE CHE PER LE OTTO 'STO LAVORO DEVE ESSERE FINITO!". La "faina" scodinzola via, "scusi, scusi".

Sulla scrivania una busta aperta.

"Appunto per il signor giudice. Signor giudice ho cercato di chiamarla ma non rispondeva nessuno. La novità è questa: una signora che era nel cinema nell'ora del delitto, ha detto che un uomo è uscito di corsa dal bagno delle donne.

Ho già provveduto per l'identikit.

Sempre a disposizione signor giudice".

• • •

Ho finito il liceo in totale assenza di progetti; oscillavo tra la passione per la poesia e il martellamento dei miei che mi volevano all'università.

Avevo perso di vista i miei vecchi amici.

L'unico che ancora vedevo era Marco Fantoni; frequentava Medicina, voleva diventare psichiatra.

Anna Braglia si era trasferita a Bologna, aveva sempre avuto la fissa del Dams. Mi mancavano la sua allegria, le nostre lunghe chiaccherate.

Nel tripudio dei miei mi sono iscritto a Giurisprudenza; come al solito non avevano capito niente delle mie vere aspirazioni.

• • •

Frequentavo poco via Balbi, il sacro percorso universitario. Preferivo dedicarmi alla poesia e ad altre attività creative.

Micol mi telefonava ogni giorno. Bazzicava Medicina ma diceva di sentirsi versatile: mi chiedeva consigli letterari. Beveva le mie parole.

Diceva: "Ne hai fatta di strada da quel tredicenne frangettato che eri", aggiungeva che ero diventato "proprio un bel ragazzo".

Le era venuta una voce caldo-sensuale; la vedevo adulta e assennata, non riuscivo a rapportarmi alla pari.

Intanto mi ero messo con una ragazza pedante, sanguigna.

Ho passato tre anni inutili: davo pochi esami, litigavo continuamente con la "sanguigna".

Ma non avevo perso di vista Micol: lei frequentava altri ragazzi, ci vedevamo di nascosto. Ci sfogavamo sui nostri amori stressanti.

Poi la storia con la "sanguigna" è finita come una liberazione.

Mi sono messo a collezionare ragazze per il solo gusto di sedurre.

• • •

Un giorno dovevo dare un esame complicato.

Micol mi ha accompagnato in Facoltà, mi ha tenuto sottobraccio con una stretta da infermiera.

Mi dava piccoli pizzicotti sulla spalla, diceva: "Non vai mica al patibolo".

Le ho detto che non era il caso si fermasse; lei mi ha lasciato nell'aula piena di fumo e di agitazione.

Il mio esame è stato disuguale: mediocre con un assistente che mi ha asfissiato con la pipa, più incisivo con il professore.

Alla fine ero in preda a un malumore irrazionale, camminavo avanti indietro senza concentrarmi su niente. Avrei dovuto disobbedire alle fisime dei miei esaminatori, mi sentivo un conformista.

Micol è ricomparsa tutta festosa: "Allora?".

"È andata".

"Ma quanto hai preso?".

"Il voto non ha importanza". Si è ammutolita, mi ha guardato obliqua.

Siamo scesi in strada in una cappa di silenzio; lottavo con me stesso, mi rendevo conto di essere ingiusto di fronte a tutte queste premure.

Lei s'è messa a canticchiare. Mi ha tirato per la giacca, ha detto: "Ehi mister stranezza, si può sapere cos'hai?".

"Niente, niente".

"Te ne stai tutto silenzioso".

"Capita no?".

"Ti va se mangiamo qualcosa?".

Ho annuito; mi sentivo su un carrozzino simbolico, qualcuno mi doveva trasportare.

Il bar dell'università era affollato, ho ritrovato la voce per dire che non mi piaceva.

Lei si atteggiava a finta paziente.

Abbiamo attraversato la strada, raggiunto uno squallido locale. Ci siamo seduti ma nessuno veniva a servirci.

Un cameriere con la faccia da uovo era in piedi davanti all'entrata, ci sorvegliava con lo sguardo.

Lei mi ha preso una mano, ha detto: "Ho una fame pazzesca e tu?".

"Non molta".

Si guardava intorno, cercava uno spiraglio nella prigione del mio silenzio. Ha chiamato il cameriere: lui e Micol si sono messi a ridere per un sandwich che si chiamava "Topo Gigio".

Ho detto: "Va bene va bene, ci porti un Topo Gigio e un bicchiere d'acqua". Lei s'è messa a frugare nella borsetta, ha tirato fuori uno specchietto e uno stick.

Ripassava di fucsia le sue labbra adolescenti; "Si può sapere cos'hai?", ha detto continuando a specchiarsi.

Ho assunto un'aria pensierosa.

"Quando fai così non ti sopporto". Si era alterata, avevo raggiunto lo scopo.

"Scusami sono un po' confuso".

"Confuso di che?".

È tornato il cameriere-uovo, ridacchiava ancora per il "Topo Gigio". Gli ho messo in mano i fogli da mille, tre giusti per evitare il suo ritorno.

Ho bevuto un sorso d'acqua: "È che non posso più vivere così".

Lei ha fatto uno sguardo interrogativo.

"A questo punto è meglio che parta per il militare".

Mi sentivo un voyeur, assistevo compiaciuto alle mie trovate.

Lei ha fatto un sorriso teso, ha smesso di mangiare.

"Non volevi partire dopo la laurea?".

"C'è un fatto nuovo".

"Cioè?".

"Ho la possibilità di diventare ufficiale dei carabinieri".

È scoppiata a ridere.

"Cosa c'è da ridere?".

"È che non ti ci vedo".

"E come mi vedi?".

"Per me dovresti continuare a scrivere, crederci un po' di più".

"Troppo tardi".

"Perché?".

"Mi hanno preso, parto lunedì".

È rimasta immobile. Ha detto con un filo di voce: "Quanto dura il corso?".

"Quattro anni".

Ha sorriso rabbiosa. "È un'idea di tuo padre vero?".

"Che cosa?".

"Quella dei carabinieri".

"No".

"Quando comincerai a decidere con la tua testa?".

"?".

"Avevi bisogno di un salvagente per le tue insicurezze e tuo padre ci ha messo lo zampino".

"Tu vaneggi".

Le era venuta una voce a 78 giri, non riuscivo a starle dietro.

"A me non pensi vero?".

"Ci potremo vedere, danno dei permessi".

"Io vado".

S'è alzata di scatto, è sfrecciata via.

L'ho inseguita fuori dal bar e lei ha accelerato il passo, non diceva più una parola. Le ho afferrato un braccio, ho detto: "Si può sapere cos'hai?".

Mi ha fissato con occhi spiritati; ha ripreso la sua marcia frenetica.

Le ho sbarrato la strada. "Cerca di ragionare!".

"Lasciami!".

"E tutti questi anni eh? Tutti i tuoi proclami sull'essere solo amici?".

"Lasciami!".

Ho cercato di bloccarla, mi è sgusciata via.

La vedevo allontanarsi, ho gridato: "Micol per favore!".

Allora s'è fermata, s'è girata lentamente.

L'ho raggiunta. Aveva gli occhi arrossati, il viso intenerito in un messaggio di paura.

Mi sono sentito un verme.
L'ho abbracciata.

• • •

"È permesso?".

Un cassettone con la voce di Torresi fa capolino dietro la porta. L'ispettore si muove maldestro, abbraccia l'archivio come se fosse un neonato.

Ci accaniamo su quelle facce di carta: i nostri occhi arrossati divorano barbe incolte, cicatrici, prognatismi.

Alla fine Torresi mi fissa, punta l'indice su un grugno da maniaco.

Seconda Parte

Quattro anni dopo sono stato destinato a Torino, in una scuola per carabinieri.

Alle otto del mattino mi rendevo conto di aver imparato a gestire il tempo; sfruttavo i momenti oziosi per riflettere sulla vita o programmare la giornata.

In tutto questo tempo avevo pensato che l'amicizia con Micol si sarebbe sgretolata; invece lei ha fatto i salti mortali per vedermi, lottato con gli impegni e lo stupore del padre.

Sembrava votata a una "missione", un segreto ideale che non riuscivo a decifrare.

• • •

A febbraio è morta mia nonna.

Durante il funerale ero rimasto impassibile, mi sentivo una lastra di ghiaccio.

Rientrato a Torino, ho sistemato una sua foto sulla scrivania. Poi sono scoppiato a piangere.

I crest di noce e gli attestati sulle pareti avevano la sua voce, dicevano: "Bravo ce l'hai fatta e ora?".

Mia nonna mi invitava a togliermi la divisa, a denudarmi di gradi e fregi: "Prova ogni tanto".

Mi perdevo in lunghe telefonate con Micol: le dicevo che stavo cedendo, che volevo regredire a un passato verginale di curiosità e divertimento.

Lei ascoltava paziente. Diceva che era disposta a raggiungermi, a proseguire i suoi studi a Torino.

M'ha proposto una convivenza, "naturalmente come semplici amici", ha precisato.

• • •

Il grugno da maniaco mi osserva.

La faccia di carta è Gianni Falanga: la signora del cinema l'ha riconosciuto.

Ufficialmente agente di commercio, in realtà ex magnaccia, pregiudicato per reati sessuali.

Pare frequenti sempre lo stesso bar.

• • •

A Torino avevo trovato un bilocale in un casamento del centro storico.

In aula ero un vulcano, i miei paradossi perforavano l'uditorio.

Un giorno ho sentito bussare: "Comandi signor tenente". Una testa tonda e pelata ha fatto capolino. "Mi scusi, il Comandante le vuole parlare".

L'ho guardato male: "Mi scusi ancora", ha detto genuflettendosi.

"Va bene, vada Pizzuto".

L'appuntato ha fatto mezzo inchino, è sgattaiolato via tra i risolini.

Le pessime abitudini d'accademia mi avevano contagiato: squadravo anch'io i subalterni per metterli in difficoltà.

"Smettetela di ridere".

Un rimprovero tardivo. A quel me stesso che detestavo.

• • •

Ho lasciato l'aula di malumore.

Mi sono chiuso in un bagno: ho ripercorso le mie lezioni, ne ho selezionato i momenti salienti.

Alla fine mi sono detto che facevo bene a pensare a delle alternative, ho benedetto il concorso per la magistratura.

Sono uscito dal mio pensatoio con la testa più vuota di prima; mi sono avvicinato alla porta laccata.

L'"avanti" era metallico, tipo gracidio.

"Si accomodi Manteri".

Il Comandante Radaelli sfoggiava una divisa gallonata; sembrava senza spessore, quasi stampato dietro la scrivania. Ha alzato gli occhi da un libro ingiallito, mi ha guardato con aria assorta.

Ha indicato una sedia-trono che mi intimidiva.

Mi sono seduto senza appoggiarmi, al posto della schiena una lastra di ghiaccio.

Radaelli ha chiuso il libro, posato gli occhialini con un gesto accurato.

"Allora Manteri, come si trova nel nostro Reparto?".

"Bene grazie".

"Ah, mi fa piacere". Aveva lineamenti sottili, capelli corti brizzolati da generale americano. S'è acceso una sigaretta. "Sa noi qui non ci occupiamo di grandi problemi, abbiamo un ruolo formativo, sì, dobbiamo dare l'esempio".

"Eh sì, l'Esempio caro Manteri", ha ripetuto con sguardo penetrante. Si è alzato, ha camminato verso l'uscita dandomi le spalle. Poi si è girato verso di me.

"E lei pensa d'essere d'esempio ai suoi subalterni?", ha detto disegnando l'aria con la mezza sigaretta. Avevo i gomiti conficcati nei braccioli.

Mi sono schiarito la voce: "Non so giudicarmi, signor Comandante".

"Ma lei ha la coscienza tranquilla?".

"Sì".

"È sicuro?".

Mi divorava con uno sguardo feroce. Poi si è ricomposto. Ha ripreso la sua passeggiatina. Si è riseduto sul suo scranno di potere, ha agitato le mani in modo paterno.

"Manteri, Manteri, ma le sembra consono?".

"Che cosa?".

"Come che cosa... quello che ha detto ieri mattina ad una platea di carabinieri".

"Io la penso così".

"E mi spieghi, cosa vuole intendere?".

"Che anche i normali hanno le loro perversioni".

"Mi faccia un esempio".

"La perversione del potere ad esempio, ossessionare i sottoposti con convocazioni e rimproveri".

"LA SMETTA MANTERI, LE FARÒ RAPPORTO!".

"Faccia pure".

"ESCA DAL MIO UFFICIO!".

Tossiva: sputava colpi di bile, colpi secchi e rabbiosi.

Ho raggiunto l'uscita, una cascata di insulti poteva ancora colpirmi.

Avanzavo a passo svelto, speravo di non incontrare nessuno.

Invece ho incrociato un maresciallo, era appoggiato ad una parete con la sigaretta pendula.

M'ha fissato con uno sguardo bollito, ha detto: "Il Comandante eh?".

"Veda di non fumare nel corridoio".

L'impiccione è rimasto inebetito, aveva il gelo sulla faccia.

• • •

Ho litigato con Palombi: lui disapprova la mia frenesìa, un giudice non può atteggiarsi a poliziotto.

Una mattina fermo la macchina davanti al bar Gino.

Mi guardo allo specchietto: rapato con pizzo da capretta, non smetto di disconoscermi.

Dieci minuti dopo arriva Falanga: ha una faccia da nano incastonata su un fisico da armadio.

Faccio un cenno a Torresi: lui e un agente sono vestiti da muratori, ronzano intorno a un'impalcatura.

Poi entro nel bar, mi avvicino a Falanga.

Siamo fianco a fianco davanti al bancone; beviamo il caffè, scambiamo sguardi obliqui.

Lui battibecca con il barista, argomento l'ultima partita. Si gira verso di me, ammicca. Mi viene in mente il nazista di un film: ad ogni massacro una nuova barzelletta.

La "Bestia"mi solletica con lo sguardo, vuole sapere il mio parere.

"Ha ragione, quell'arbitro è un venduto", mi divincolo da quegli occhi forcaioli.

Falanga si rivolge al barista. "Visto Gino, anche il signore mi dà ragione".

Sfiora la cassiera di uno sguardo viscido, affonda occhi-artigli nella sua scollatura. "Va be' andiamo a lavorare", chiosa mellifluo.

Alla fine esce dal bar con una camminata strana, da guappo con irritazione anale.

Mi precipito verso il bancone.

"Non la tocchi!".

"Cosa?".

"La tazzina, c'è una maledizione dentro. Senta, sono un sensitivo, può controllare". Gli do un biglietto da visita. La faccia di Gino da adunca, diventa grifagna.

Alza il cartoncino, lo guarda in controluce.

"Ho bisogno della tazzina di quel signore", dico.

"E perché?".

"Glie l'ho detto, c'è una maledizione dentro".

"Ah sì eh?".

"Senta, io lo faccio per lei, se vuole gliela pago".

Lui scrolla le spalle, sorride. "E va bene se la prenda, chi se ne frega della tazzina".

Agguanto il cimelio, me lo infilo in tasca.

Poi lodo il barista, inneggio all'importanza del suo gesto.

Il suo sguardo è denso.
Di una benevola comprensione psichiatrica.

• • •

Micol era arrivata a Torino con un piglio da Mary Poppins; dava un tocco di magia alla mia passività.

Ha portato la sua vecchia Dyane, ha detto che potevo usarla quando volevo.

Ha comprato un'inutile panca di cristallo, tappezzato il tinello di stampe parigine e pergamene incorniciate.

Dormiva su un divano-letto; sgattaiolava dal bagno per non farsi vedere in mutande.

• • •

Una sera stazionavo davanti alla porta di casa, mi mancava persino la forza di prendere le chiavi.

Ho suonato il campanello: nessuna risposta.

Mi sono accanito sulla serratura.

Dentro un ordine perfetto, un aroma di cera e deodorante.

Mi sono seduto sul divano-letto; ho acceso il televisore. Mi sono lanciato in uno zapping frenetico.

Le nove meno un quarto. Stranamente lunga quella lezione di ginnastica.

Ho telefonato alla palestra. Una voce garrula ha detto che era uscita da due ore.

Mi sono accasciato sul divano.

Ho chiamato il 113, ho abbassato subito la cornetta.

Poi un rigiro di chiavi. “Franci sei tu?”.

Le sono andato incontro. Aveva una faccia candida, teneva in mano due borse della spesa.

“Ma sei impazzita?”.

“Mi aiuti per favore?”.

"Non l'hai mai fatto di tornare a quest'ora!".

"Ho incontrato un'amica della biblioteca, poi ho fatto un salto al supermercato".

"Te ne freghi di me!".

"Esagerato".

L'ho seguita in cucina; le ronzavo intorno come un moscone.

Ho detto: "Neanche una telefonata, ma cosa credi che sia l'amicizia?".

"D'accordo ho sbagliato, vuoi un hamburger?".

"E poi c'è qualcosa di strano, secondo me hai un ragazzo".

"Sei pazzo o cosa?".

"Stupido io a non accorgermene".

"Stai delirando".

"Vado a dormire, mangiatelo tu l'hamburger!".

Mi sono chiuso in camera. Ero rannicchiato sul letto, il cuscino sopra la testa. Attraverso il muro sentivo lo sfrigolio della padella, il tocco paziente e dignitoso delle posate.

Ho passato mezz'ora in uno strano dormiveglia, la vedevo arrivare, dileguarsi, oscillavo tra sogno e realtà.

Poi ho sentito bussare. Ho fatto finta di niente.

"Dai Franci apri".

Alla fine mi sono alzato. Ho dato un colpo di chiave, sono tornato nella posizione rannicchiata.

Veniva verso di me a passi felpati, si sedeva sul letto. Mi ha sfiorato una spalla, "cos'hai Francesco?".

Mi sono girato lentamente.

Micol s'è curvata su di me, poi s'è subito ritratta.

Ricordi e dubbi velavano il suo sguardo.

Piccoli sospiri, poi un cauto avvicinarsi; mi ha sfiorato una lacrima rappresa. "Aspetta".

È uscita dalla stanza a passo leggero, è ritornata con un libretto dal titolo dorato. "L'attaccamento".

"Vuol dire vivere senza la giusta distanza", ha detto la sua voce calda.

Poi si è seduta sul letto, mi ha messo il libretto sotto il cuscino.

Ho detto: "In cosa sbaglio?".

"Dai troppa importanza alla caserma, spendi un sacco di energie". Taccio. "Intanto dai l'esame per la magistratura. E poi stacca la spina, recupera certi rapporti ma meccanicamente, senza emozione".

Mi ha sorriso, è andata verso la porta. Ha portato una mano alle labbra, m'ha lanciato un bacio di complicità.

*

Quella stessa notte. Sono uscito dalla mia stanza, mi sono avvicinato al divano-letto.

Era rannicchiata in una posizione fetale. La camiciona rosa le dava un'aria angelica.

Mi sono curvato su di lei.

"Solo un bacio", ho sussurrato.

S'è girata di colpo. "Sei matto?".

Le ho accarezzato i capelli; godevo di quel contatto setoso.

L'ho fatta appoggiare allo schienale, lei ha eseguito come una bambina.

Le nostre labbra vicine.

Le lingue che si studiano. Si ritraggono.

Spaventate dalla profanazione.

• • •

La prova del DNA inchioda Falanga.
La saliva sulla tazzina corrisponde alle tracce organiche sulle vittime.
Io mi sento un'ameba.

• • •

Qualche tempo dopo vinco il concorso per la magistratura.

Dovevo sopportare Torino fino a dicembre: un limbo noioso prima dello zuccherino.

Con Micol c'era uno strano rapporto: erano ammessi brevi scivolamenti affettivi, furtivi contatti: il sesso era bandito, ci sembrava il sigillo di un legame che nessuno dei due voleva veramente.

Continuavamo a dormire in stanze separate; la notte scambiavamo piccole confidenze.

Ad un certo punto lei è cambiata. Era morta sua nonna, mi sembrava più bisognosa d'affetto.

Passava le serate su un'agenda, scriveva le sue riflessioni.

Una volta ho sbirciato tra i suoi appunti: c'erano domande del tipo: "Dovrei dirlo in casa?", "Ma lui ci pensa mai al nostro futuro?".

Al telefono mio padre mi rimproverava. "Ti sei sistemato troppo presto". Diceva che a ventisette anni avrei dovuto spassarmela.

Non avevo voglia di dargli spiegazioni.

• • •

Una domenica pomeriggio indugiavo a letto, mi rigiravo tra i miei interrogativi.

Lei era a Genova per accudire il padre; Senisi strumentalizzava la polmonite per i suoi ricatti affettivi.

Mi cullavo in un dormiveglia immaginifico; poi mi sono scosso.

Assalito da un languore proibito.

• • •

Mi sono infilato in macchina, ho guidato fino a San Salvario.

Ho attraversato il quartiere lentamente.

Osservavo bambini-scugnizzi, prosperose donne di colore, emaciati che trasudano sconfitte.

Ho notato un pub dall'aria equivoca, ho parcheggiato la macchina a lisca di pesce.

Mi sono fatto strada tra il fumo e la musica rave: una nebbia ostile da penetrare a gomitate.

Ho ordinato una birra. Accanto a me due giovinastri borchiati e una ragazzetta dai capelli verdi: mi lanciavano occhiate di sfida.

Ho abbassato lo sguardo, mi sono girato per vedere se arrivava la birra.

Il ragazzo più macilento m'ha fissato, ha detto: "Ehi, bell'uomo". Ho mandato al diavolo la birra, sono uscito dal locale.

Ho slalomato tra coppie avvinghiate e degustatori di hashish; ho raggiunto il giardinetto di fronte, mi sono seduto su una panchina.

Un giovanotto bruno dall'aria orientale passeggiava davanti a un'aiola. Ha detto: "Ogni tanto si ha bisogno di star soli".

"Vero", ho risposto.

Nuvole di fumo lievitavano da una pipa a forma di flauto. "Piacere Saverio".

"Francesco".

Mi si è seduto vicino. "Vieni dal pub?", ha chiesto.

"Sì".

"Anch'io ma stasera non avevo voglia del solito rituale".

Aveva una voce profonda, magnetica. Ha detto: "Siamo sprecati a far le belle statuine, non trovi?".

Sorrido. Lui: "Sei mai stato al 'Vaso di Pandora'?".

"Dove?".

"È una specie di centro culturale, stasera fanno una conferenza".

"Argomento?".

"I percorsi del desiderio".

Non ho fiatato.

Lui: "Vieni, andiamo col mio 'bolide'".

Abbiamo attraversato la strada, raggiunto i posteggi davanti al pub.

Saverio mi ha fatto salire su una "Cinquecento".

“Sei di Torino?”, ho chiesto.

La sua risposta è stata un’accelerata. “Ti dispiace se non ci facciamo tante domande per il momento?”, ha detto brusco.

“Va be’”.

Guidava sciolto, ignorava i semafori.

Ogni tanto lo guardavo con la coda dell’occhio; il silenzio saturava l’abitacolo ma mi sembrava lo stesso di percepire i suoi pensieri e il suo vissuto.

Siamo arrivati in una piazzetta con un palazzo fatiscente e una fontana corrosa dal tempo.

Abbiamo parcheggiato sotto un’impalcatura, siamo entrati nel palazzo. Siamo scesi in un seminterrato, c’era un’unica porta con la scritta in ottone “Il vaso di Pandora”. Saverio ha premuto il pulsante, la porta s’è aperta di scatto.

Una ragazza pallida e grassa ci ha dato un’occhiataccia. Ha messo un dito davanti alla bocca, sussurrato: “Siete per la conferenza, togliersi le scarpe”.

Ho abbassato lo sguardo, mi sforzavo di non guardare Saverio.

Siamo entrati in una saletta: ci siamo aggirati tra pallori esistenziali e facce sdegnate.

Un tipo scheletrico dai denti all’infuori ci ha indicato due sgabelli; ci siamo seduti fra gli zittii e i pallori che si voltavano.

Davanti a una scansìa per scarpe s’agitava un mingherlino mefistofelico: rabberciava frasi fatte e parole complicate.

Saverio si agitava sullo sgabello.

Il mefistofelico ha detto: “Prendiamo il matrimonio, lì il percorso del desiderio si affianca ad una buona respirazione”.

“E se il coniuge puzza?”, è intervenuto Saverio; mi sono nascosto dietro i colpi di tosse.

Il mefistofelico: “È venuto per disturbare?”.

Saverio: “Meglio disturbare che vendere fumo come lei”.

Il mio neo-amico s’è alzato, mi ha fatto cenno di seguirlo.

Abbiamo urtato piedi e ginocchi ossuti, ci siamo fatti largo tra commenti scandalizzati.

Saverio s'è rivolto alla ragazza grassa, ha detto: "Interessante". Mi sentivo la faccia di fuoco.

Ci siamo riinfilati le scarpe sotto il fuoco incrociato della grassa: lei ci guardava come se fossimo nudi.

Fuori un riso convulso.

Siamo saliti in macchina, siamo di nuovo scoppiati a ridere. Lui ha messo in moto, sgommato, frenato di colpo davanti a un semaforo. Ha detto: "Ne avevamo bisogno eh?".

Una cappa di sintonia ci proteggeva da quella città cupa, dalla schiuma nera del Po, dai Murazzi che ci adocchiavano come una vecchia megera.

Saverio ha detto: "Non mi sembri un tipo felice tu".

"No?".

"Devi fare un lavoro d'ordine, ti ci vedo con una divisa o un camice".

"Infatti".

"Vedi? L'ho azzeccata".

Eravamo di nuovo a San Salvario; ci siamo fermati davanti al pub.

Saverio ha preso la pipa-flauto, l'ha accesa in un concentrato rituale. "Hai mai provato ad essere te stesso?".

"Tutte le volte che sono me stesso, mi metto nei guai".

Ha posato la pipa sul cruscotto. Ha fatto scattare uno sportello, tirato fuori un medaglione di bronzo.

Su entrambi i rovesci un uomo con la barba.

"Il mio maestro spirituale".

"Chi?".

"Osho Rajneesh. Un uomo geniale, controcorrente.

L'anno scorso sono stato a Poona, la sua comunità.

Il mio amico del cuore era appena morto di leucemia.

Ho cercato di reagire, di calarmi nello spirito di Poona. Ho praticato Yoga, training autogeno, massaggio.

Ho capito che dono immenso sia l'autosufficienza.

E un giorno è arrivato lui, Osho. È entrato nel salone dello Yoga. Imponente, carismatico. Ha voluto parlare con tutti i presenti. A ognuno ha regalato il medaglione e questa dedica".

Mi ha dato un foglietto e la medaglia: "Sono tuoi".

"Ma... mi dispiace".

"Non ti preoccupare io ho questo".

Si è aperto la camicia: mi ha mostrato una placca militare con la faccia di Osho. "È il mio capolavoro, non me ne potrei mai privare".

Poi mi ha dato un biglietto da visita "SAVERIO DE PALMA MAESTRO DI MASSAGGIO IL CENTRO DEL POSSIBILE MONCALIERI".

Mi ero incantato su quelle parole, lottavo con me stesso per uscire dalla macchina.

• • •

"Oggi è un gran giorno cari miei".

Falanga spalanca la porta, sorriso a trentaquattro denti.

"Il caffè del signore lo pago io". Obietto qualcosa.

Lui: "Lasci stare che oggi è nato un grande".

Il barista è stato informato. È pallido, più adunco del solito.

Due fidanzatini parlottano a un tavolino; si sbaciucchiano, non hanno l'aria di volersene andare.

La "Bestia"si è messa in tiro con la sua giacca di tweed; chiede dov'è la cassiera.

Gino deglutisce, dice che è malata.

Il mio uomo fa un gesto di stizza, maledice le donne e il loro "marchese".

Poi alza la tazzina, mi coinvolge in un brindisi al caffè. "Sono quarantanove ma mi sento un puledro".

Passeggia per il bar, esalta la sue prestazioni sessuali. Si gira verso di me, mi lancia occhiate di complicità. Dice: "Scommetto che lei è un poliziotto".

In mezzo secondo vedo la mia fine: un lampo, il buio di una morte cretina. Balbetto: "No, sono un insegnante".

Lui scoppia in una risata sguaiata. "Hai visto Gino, mi sono sbagliato, non è un poliziotto".

L'adunco annuisce. I fidanzatini pagano, escono dal locale.

Silenzio di ghiaccio.

Mi sento le gambe pesanti. Ondeggio verso il flipper.

Mi volto verso Falanga. "Lei invece ha l'aria di un commesso viaggiatore".

"Ahà, giochiamo a fare gli indovini!".

Gino scompare nel retrobottega.

Dico: "E ieri ha scarrozzato una bionda fino a Chiavari".

Una saracinesca si abbassa di colpo.

"Chi è lei?", urla Falanga.

Gli punto il revolver, la sua mano vola sotto la giacca.

• • •

"OSSERVA IL MAESTRO OSHO, I SUOI DUE VOLTI. UNO È LA PORTA DELL'ASSURDO, TI APRIRÀ QUANDO TI SENTIRAI EQUILIBRATO; L'ALTRO È LA RAZIONALITÀ, TI SOCCORRERÀ QUANDO SARAI IN BALIA DELL''INSENSATO'".

Mi nutrivo di queste parole.

Fissavo il medaglione: occhi magnetici dicevano di arrendermi a me stesso.

• • •

Una domenica mattina sono partito per Moncalieri.

A Micol ho detto che dovevo vedere un collega, una questione delicata.

Infilavo curve e tornanti, spifferi d'aria frizzante aumentavano il mio benessere.

Ad un certo punto è comparso il cartello "Testona di Moncalieri"; la mia eccitazione ha cominciato a crescere, lunga e progressiva come la salita che non finiva mai.

Ho seguito le indicazioni di un benzinaio, mi sono infilato in una salita sterrata; la Dyane ha danzato fra buche e ciotoli, rasentato un cartello di legno con la scritta "BENVENUTI AL CENTRO DEL POSSIBILE".

Sono arrivato in una piazzetta strapiena di macchine, ho parcheggiato dietro un Fiorino con la scritta "Osho"sul lunotto. Mi sono avvicinato a una specie di masseria: un sottofondo di musica celtica addormentava l'aria.

Un pulsante sporgeva da una "bocca della verità"; ho premuto, la porta s'è aperta da sola.

Mi ha accolto un tinello con un tavolo oblungo e un grande Gong alla parete; ho seguito un odore di incenso, camminato per un corridoio tappezzato da maxi foto di Osho e di una santona indiana dal sorriso stucchevole.

In fondo al corridoio una tendina in caratteri arabi: la musica celtica sfocava, lasciava il posto a respiri e a mugolii.

È spuntata una ragazza mora completamente nuda. È venuta da me saltellando, ha sussurrato: "Ciao avevi appuntamento?".

Ho tenuto alto lo sguardo.

"Sono un amico di Saverio", ho detto rigido.

"Vieni", ha fatto lei con un tono da pornostar. Ho violato il mistero della tendina.

Su un tatami cinto da pareti a specchio coppie nude si massaggiavano in tutte le posizioni; un effluvio di incenso si sposava all'odore di pelle e di olio speziato.

Al centro della sala Saverio: l'unico in slip.

Manipolava una bionda con il sedere all'aria, ha alzato una mano in segno di saluto.

Sono rimasto vicino alla mora come un cagnolino; lei mi ha chiesto se volevo essere massaggiato.

Ho annuito; lei mi ha indicato un attaccapanni, ha detto: "Spogliati lì".

Indugiavo nel togliermi i vestiti, pregustavo.

Sono andato dalla mora in mutande: "Te le devi togliere", ha detto lei.

Mi sono sfilato lo slip.

Lei mi ha guardato sotto l'ombelico, ha detto: "Pancia in giù".

Ho eseguito; chiuso gli occhi.

La mora s'è strofinata le mani, me le ha fatte alitare sul corpo. Scariche di eccitazione mi complicavano il respiro.

Ha iniziato dalla schiena; le sue dita affusolate scivolavano in profondità, lambivano l'osso sacro con sfioramenti sornioni. Ha preso altro olio, me l'ha spalmato sulle natiche.

Mi ha accarezzato il sedere con la punta delle dita, ha premuto sul solco, sostato con lentezza compiaciuta.

Poi mi ha fatto girare: percepivo il suo sguardo ammirato, ma anche un non stupore lascivo, da donna abituata a certe visioni.

Mi ha massaggiato la pancia: mi ha sfiorato il membro ormai eretto.

Ho aperto gli occhi; una rossa con i seni al vento era curva su un bruno minuto: incrocio di sguardi estremi, voglia moltiplicata di sesso sconosciuto.

Poi la voce calda di Saverio: "Per oggi basta".

Ho guardato in su; la faccia larga della mora incombeva sulla mia .

"Come stai?".

"Insomma".

Mi sono sforzato di pensare a cose tristi: sotto l'ombelico qualcosa non si normalizzava.

Ho raggiunto l'attaccapanni in quelle condizioni; mi sono infilato lo slip.

Saverio era circondato da un capannello di ragazze, gli chiedevano consigli.

Faticava a congedare una trentenne flaccida; alzava gli occhi al cielo, mi lanciava sguardi complici.

Ha detto: “Scusa ma dovrei parlare con quest’amico”.

La flaccida si è inchinata come un arlecchino; indietreggiava a frasi mozze di buoni propositi e appuntamenti per l’indomani.

• • •

Ospedale Galliera, pronto soccorso.

“Non è niente, solo una contusione”, sdrammatizza Torresi. Distende i baffoni, dice: “Ho telefonato al Comando, il bastardo è fuori pericolo”.

C’è anche mia madre. “Oh Dio piccolo, lo sai che hai rischiato?”.

“Mamma per favore!”.

Il donnino si porta alla bocca il solito dito.

Poi guarda Torresi, si raccomanda con gli occhi.

L’ispettore la prende a braccetto: confabulano verso l’uscita.

Forse la Bestia ha già confessato.

• • •

Avevo passato un altro fine settimana a Moncalieri; a Micol ho detto la verità, lei aveva commentato che dovevo sentirmi libero e che comunque avrebbe avuto un seminario a Milano.

Venerdì pomeriggio volevo stare un po’ con Saverio ma lui era impegnato nell’ennesima seduta di massaggio.

Ho aspettato che congedasse le ammiratrici, poi l’ho affrontato, ho detto che volevo parlargli.

Lui ha risposto che non aveva molto tempo; mi ha proposto un esercizio liberatorio, “utile per la comunicazione”.

Mi sono incantato sulla placca d’acciaio, non ce l’ho fatta a contraddirlo.

L'ho seguito come un soldatino al centro della sala.

Lui ha raccolto un cuscino, mi ha fatto divaricare le gambe.

Mi ha detto di iniziare una respirazione profonda: mi ha fatto piegare le ginocchia e restare in una strana posizione da chioccia ingrassata.

Ha teso in avanti il cuscino, ha detto: "Appena senti vibrare, picchia qui".

Mi sentivo ridicolo in quella posizione, mortificato per la mia sudditanza; ho cercato di concentrarmi ma la tensione mi usciva dallo stomaco, s'è materializzata in piccoli sussulti.

Saverio muoveva la testa a piccole scosse di assenso; io lo sentivo didascalico, lontano dalle mie vere esigenze.

"Pensa a tutto lo 'schifo' della tua vita", ha detto lui.

Ho chiuso gli occhi: correnti di tristezza e di ridicolo mi attraversavano, forzavano una specie di corazza, la frantumavano alla fine con energia disperata.

Ho iniziato a vibrare; dapprima piano, vergognandomi, poi sempre più forte, incattivito.

Saverio ha urlato: "RABBIA, PRONUNCIA RABBIA!", io ho detto "RABBIA"poi ancora "RABBIA RABBIA RABBIA"sempre più forte, mi sono avventato sul cuscino, l'ho tempestato di pugni, ho fissato Saverio come una bestia inferocita.

Mi sono fermato un secondo, poi ho ripreso a picchiare come un forsennato; Saverio è impallidito, ha detto: "Basta, Basta", ha buttato via il cuscino.

Siamo rimasti impietriti e ansimanti uno di fronte all'altro; sono caduto sulle ginocchia, mi sono lasciato andare all'indietro.

"Ora rilassati", ha detto il mio capo.

La mia vecchia vita volava via dallo stomaco, evaporava.

Mi veniva da piangere; ho assunto una posizione fetale, sfuggivo allo sguardo di Saverio.

• • •

Falanga ha confessato tutti gli omicidi. Anche quello di Micol.

• • •

Saverio era seduto nella posizione del loto; lunghe espirazioni Yoga mi cullavano nel ritorno alla realtà.

"Come va?", ha chiesto; ho alzato il braccio per segnalare che andava tutto bene.

Ha detto: "Mi hai mandato uno strano messaggio sai"; poi ha dondolato su se stesso, è balzato in piedi senza usare le mani.

Mi sono messo seduto: "Che tipo di messaggio?".

"Non lo so, come un senso di delusione antica e incancellabile".

Ha iniziato a rivestirsi, guardava l'orologio con aria preoccupata.

"Non possiamo parlarne?", ho chiesto.

Lui s'è stirato: "Ti farà bene stare qui, hai bisogno di ritrovarti".

"Ma perché dici che sono deluso?".

Mi ha guardato obliquo. "È come se la tua vita non ti riguardasse".

"E cosa dovrei fare?".

"Niente".

"Come niente?".

"Devi solo fare esperienze, liberarti da questa falsa personalità che guida tutte le tue scelte".

Si è ravviato i capelli, si scrutava nella parete a specchio. "Scusa ma devo scappare".

Ha fatto un gesto ammiccante, alludeva a qualcosa o qualcuno di interessante che aveva per le mani.

• • •

"Non è credibile".

Il giudice Palombi scuote la testa. Fin dall'Università ha avuto quest'aria anziana. Grossi occhiali lo rendono ancora più vecchio.

"Tanto per cominciare gliel'ho chiesto io di Micol, lui non avrebbe fiatato. E poi non ha saputo darmi nessuna indicazione, figurati che ha detto di non ricordarsi né come né dove l'avrebbe uccisa".

"Ma... che interesse ha di mentire?".

"Ti dico che quello è uno psicopatico, ci gode a gonfiare la sua capacità criminale".

"Dio Santo".

"È così fidati".

"Ma dobbiamo insistere, fargli sputare qualche particolare...".

Palombi apre un cassetto, tira fuori due mele di colore diverso. Sceglie la rossa, la addenta con soddisfazione.

"Comunque..." rumina.

"Comunque?".

"Comunque neanche tu ci credi".

• • •

Raccontavo a Micol del Centro del possibile ma lei era distratta, mi interrompeva con divagazioni sulla spesa o sulla malattia del padre.

Le era venuta la mania delle domande impegnative, voleva sapere cosa dovevamo fare del nostro rapporto.

Il più delle volte si rispondeva da sola, diceva che andare avanti così non aveva senso e che per passare i week-end separati, tanto valeva ritornare amici.

Mi spaventava la parola "amici", la vivevo come sinonimo di abbandono.

Allora l'ho pregata di avere pazienza, avrei frequentato sempre meno il Centro del possibile.

• • •

Due poliziotti piantonano la stanza.

Scattano sull'attenti. Mi guardano con aria interrogativa.

Do il riposo.

Mi sento strozzare da una spirale di non senso.

Falanga è a letto, ha un braccio fasciato.

Mi guarda con una faccia da batrace.

"Che cosa vuoi?".

"Dammi del lei".

Lui si volta su un fianco, mi dà la schiena come un bimbo capriccioso. "Cosa sai della Senisi?".

Si gira lentamente. Tace.

"Allora?".

Abbassa lo sguardo. "Quattro parole, quattro sole Falanga: 'COSA-LE-HAI-FATTO'?".

Fissa il soffitto con occhi da vittima. "Ho già detto tutto al giudice istruttore", piagnucola.

Improvvisamente cambio tono, divento mellifluo.

"Lo sai che devi parlare".

Tiro fuori il revolver, me lo palleggio da una mano all'altra.

Lui impallidisce."Ma... cosa... fa?".

"Da bravo... devi dirmi tutto".

"Non so nie...".

"Tutto".

Mi infilo una mano in tasca, gli mostro un silenziatore.

"Peccato, potevi avere la seminfermità".

"Polizia, aiuto!".

Entra un agente. "Problemi?".

"Chiami Palombi", mugola Falanga con una voce in falsetto.

Accarezzo il revolver, sorrido.

• • •

Un giorno ero arrivato a Moncalieri all'ora di cena.

Sono entrato nel grande refettorio, ho dato un'occhiata in giro. Mi prendeva una paura dell'anima tutte le volte che attraversavo quella sala: temevo di incontrare qualche collega carabiniere, di essere smascherato davanti a tutti senza possibilità di replica.

Anche quella volta ho fatto un'indigestione visiva di facce e schiene prima di decidermi.

Non avevo visto Saverio e mi intimidiva sedermi con degli sconosciuti. L'unica che conoscevo era la tipa del massaggio, ma non era il caso di ripropormi in una versione seria, dopo quello che era successo.

Alla fine mi sono seduto davanti a tre ragazze; loro avevano notato la mia indecisione, ridacchiavano.

La più carina sembrava un'indiana, aveva un viso color cioccolato e lunghi capelli corvini.

Ha allungato la sua mano sottile, ha detto: "Io sono Federica". Ho pronunciato il mio nome con una punta di incertezza e lei m'ha presentato le amiche, una certa Patrizia e una certa Alessandra.

Mi sono lanciato in commenti umoristici sulla seduta di massaggio; loro ascoltavano divertite.

Federica mi lanciava un suo codice di segnali sottintesi, mi faceva domande retoriche, quasi conferme di complicità. Osservavo anche le sue amiche, le catalogavo col pensiero: Patrizia-Sensualità, capelli rossi raccolti alla nuca, una procacità estroversa e sbrigativa; Alessandra-Lascivia, sguardo perverso sul viso glabro, androgina nella sua pettinatura alla maschietta.

Mi hanno chiesto che mestiere facessi; ho detto che ero un insegnante di filosofia interessato alla New Age.

Ma ero stufo di raccontare storie; non mi ero più ripreso dall'episodio di Roma, in un Centro sociale mi avevano quasi linciato per aver detto che ero un carabiniere.

Federica si è accorta che mi nascondevo: "C'è qualcosa di inconfessato nel tuo sguardo", ha detto languida.

Alla fine tutte e tre mi hanno proposto un bagno in piscina. Ho fatto presente che non mi ero portato il costume e loro all'unisono: "Allora sei ok".

• • •

Falanga ha ritrattato.

Ha detto di non aver mai conosciuto Micol, s'era fatto prendere da un delirio masochista.

Speranza=tortura che continua.

• • •

A Moncalieri dormivo in un alloggio dalle pareti scarlatte con una finestra-oblò e un guardaroba a specchi. C'era anche una libreria in faggio con i titoli di Castaneda e Rajneesh: un tocco spirituale a tanta sensualità.

Alle sette di sera ero nell'alloggio con Federica; aveva voluto dare un'occhiata alla libreria.

Ha portato un piccolo registratore, era appassionata di musica irlandese.

Eravamo reduci dalla piscina e mi dispiaceva che ci fossimo visti nudi senza conoscerci. L'apprezzavo di più in quel momento, con il top bianco e l'aria assorta.

C'era un'atmosfera carica di attese, un silenzio rilassato.

Federica prendeva un volume, ne leggeva il frontespizio; se lo portava davanti agli occhi per una leggera miopia.

Poi ha acceso il registratore e si è seduta a gambe incrociate, la schiena appoggiata agli scaffali.

La musica celtica suggestionava la stanza, i gesti erano evanescenti, lasciati all'immaginazione.

Federica sfogliava un Herman Hesse, fermava lo sguardo su una pagina. "Ecco", ha detto.

Mi sono alzato, le sono andato vicino. "Ecco cosa?".

"Il passo sugli 'uomini bambini'".

S'è abbracciata le ginocchia. "Siddharta dice quello che ho sempre pensato".

"Cioè?".

"Ci agitiamo ed esaltiamo per delle stupidaggini e tutto per paura del vero contatto con noi stessi".

Ero pronto a condividere qualsiasi cosa dicesse.

Pensavo a Micol così diversa, sensata e dialettica, alla faccia di Osho che balenava dispettosa.

Federica mi ha sorriso: "Anche tu fuggi dagli uomini bambini?".

Ho annuito: poi faticosamente ho iniziato ad aprirmi.

Le ho parlato del mio modo di intendere il lavoro, delle mie bizzarrie. E mi sentivo forte una volta tanto; libero di mostrarmi vulnerabile, lontano da ogni finzione. Ho detto: "Sai chi sono io?".

"Chi sei?".

"Un bambino che fugge da ottuse baby-sitter con un battipanni in mano".

È scoppiata a ridere: nei suoi occhi nuove prospettive di vita, il volto di un cambiamento da tempo ricercato.

"La vita è altrove", diceva quel tale. E l'"altrove" era in quello sguardo cerbiatto, in quel luogo magico dove la possibilità diventava realtà.

Ho sfiorato Federica, osato le prime carezze.

Lei mi ha appoggiato la testa sulla spalla, indicato lo specchio.

Eravamo spettatori di noi stessi e di quell'intimità sconosciuta.

• • •

PER IL SIGNOR GIUDICE ISTRUTTORE.

SONO UNA CONOSCENTE DI MICOL SENISI CHE PER MOTIVI DI SICUREZZA PREFERISCE RESTARE ANONIMA.

LA VORREI INFORMARE DI UN PARTICOLARE CHE PUÒ TORNARE UTILE ALL'INCHIESTA.

NEGLI ULTIMI TEMPI LA SENISI SI CONFIDAVA SPESSO CON ME:

DICEVA DI ESSERE PARTICOLARMENTE ESASPERATA DALLA SUA RELAZIONE CON FRANCESCO MANTERI.

UN GIORNO CI SIAMO VISTI IN UN BAR E LEI SI È MESSA A PIANGERE. MI HA DETTO CHE IL SUO COMPAGNO LA MALTRATTAVA, LA COSTRINGEVA A FARE STRANE ESPERIENZE.

VALUTI COME CREDE QUEST'INFORMAZIONE

DISTINTI SALUTI.

• • •

Guidavo verso Torino e rivivevo le parole di Osho: corrispondevano bene alla mia confusione mentale.

Quasi non mi sono accorto di percorrere corso Emanuele, ho preso la seconda traversa meccanicamente, la mente impegnata a possibili strategie con Micol.

Salivo le scale e mi chiedevo quali parole avrei usato per nascondere le mie emozioni, già immaginavo l'altalena di silenzi e di aperture che avrebbe caratterizzato la serata.

Lei era seduta sul sofà; consultava l'agenda.

Un pigiama con disegni disneyani le dava un'aria di commiato, da epilogo di un giorno che avrebbe potuto essere migliore.

"Ma come fai a stare sempre a scrivere?".

"Farebbe bene anche a te, ogni tanto".

Poi ha alzato la testa, ha chiesto se volevo mangiare.

Ho risposto di no, ho tentato di prenderle la mano.

Lei s'è alzata di scatto, ha detto: "Una telefonata la potevi anche fare".

Allora ho iniziato la mia recita.

Mi sono seduto sul divano. Ho assunto una posizione curvo-pensierosa, la testa fra le mani, i gomiti sopra le ginocchia.

Lei mi è venuta vicino. "Cosa c'è Francesco?".

Stavo immaginando possibili risposte, il mio ultimo pensiero era parlarle di Federica.

Alla fine ho detto: "Il Centro del possibile".

"Be'?".

"Mi porta a rivedere certe scelte".

Ho iniziato a camminare avanti indietro. "Si può sapere cos'hai?", ha detto lei.

Mi sono fermato, l'ho fissata.

Ho detto: "Ma tu cosa ci trovi in me?".

"Non lo so, mi piaci".

"Ma non lo vedi che sono inaffidabile, che non ti merito".

Potevo ancora retrocedere, tornare su passi più assennati.

"Cosa vuoi dirmi Francesco?".

"È che... vorrei un po' di libertà".

È rimasta impietrita, ha fissato il vuoto. Poi s'è alzata di scatto, è sfrecciata in cucina.

Le ho chiesto se era arrabbiata.

"No assolutamente", ma era terrea, si muoveva a scatti. Ha messo una padella sul fuoco, ha spostato piatti e stoviglie con gesti rabbiosi.

"E allora perché non parli?".

Si è accanita sulla padella, l'ha spruzzata d'olio con una mossa disordinata; ha infilato lo sguardo dentro una credenza, fingeva di cercare oggetti, un modo per estraniarsi, per tagliarmi fuori dalla sua vita.

"Mi dici qualcosa?".

Ha rotto un uovo nella padella, poi: "Sono stufa di questi discorsi, stufa marcia".

"Non posso più parlare?".

"Eri in difficoltà e ti ho soccorso, ti ho accudito come un bambino. Ogni giorno ti riempio di attenzioni, capisco le tue esigenze e diciamolo, le tue paranoie. E tutto questo per cosa? Per sentirmi ripetere la solita solfa, le solite lamentele. Ma perché non la finisci e vedi di crescere una buona volta?".

"Guarda che non ho bisogno di una moglie".

"Cosa?".

"Non ho bisogno di una che mi stia addosso, che mi tarpi le ali".

Ha gettato il mestolo sulla padella, ha urlato: "SEI UNO STRONZO MA CHI TI VIENE A CERCARE?".

La padella è girata su se stessa, è caduta in terra tra gli sfrigolii.

"È il modo di reagire?", ho detto.

S'è afflosciata su una sedia: i suoi occhi umidi parlavano di rabbia e di delusione.

Io oscillavo su un filo di rasoio, ogni giorno più tagliente e arrugginito.

• • •

Palombi mi ha letto "l'anonimo".

"Non vorrai credere a queste scempiaggini", dico.

Lui afferra la solita mela, la scruta in controluce.

Poi strappa il foglietto con una faccia trionfante.

"Va meglio adesso?".

"Dimmi cosa pensi".

"Sinceramente?".

"Sinceramente".

"Mi auguro che la signora non si faccia più viva".

• • •

Avevo chiesto al colonnello Radaelli altri due giorni di libertà. Mi sembrava un Don Chisciotte, io il mulino a vento con cui era inutile scontrarsi. Aveva saputo che ero diventato magistrato, mi diceva livido: "Devo chiamarla signor giudice?".

Micol era sempre più nervosa. L'ho pregata di scusarmi, ma a Moncalieri c'era un seminario di Reiki cui tenevo moltissimo. Per rabbonirla le ho detto che l'avrei portata ai Murazzi, in quella locanda spagnola che l'aveva entusiasmata.

• • •

Quel sabato mattina ero di nuovo nell'alloggio; indugiavo a letto, mi cullavo nei miei interrogativi.

Ho sentito un bussare fioco, non capivo se reale o immaginario. Ho detto: "Avanti"ed è comparso Saverio in kimono, la faccia più salutiva che mai. Portava un vassoio con le sue fissazioni culinarie, biscotti senza zucchero e caffè d'orzo.

Ha detto: "Colazione signore?". Ha appoggiato il vassoio sul letto, poi si è stirato. S'è avvicinato alla finestra-oblò, "bella giornata eh?"; agitava la mano in segno di vittoria.

Mi sono vergognato di essere ancora a letto; ho cercato di alzarmi ma mi sono fermato a metà strada: sono rimasto appoggiato allo schienale con le gambe rattrappite.

Ho detto: "Solo e senza testimoni?".

"Quali testimoni?".

"I tuoi allievi anzi le tue ammiratrici, per un motivo o per l'altro non riesco mai a parlarti". Lui ha fatto un'espressione ispirata, s'è stravaccato con un mezzo ghigno su una poltrona di vimini.

Soffiava dentro la sua pipa flauto. "Impressioni?".

"Sono un po' confuso".

"Confuso di che?".

"Mi piace stare qui ma non so cosa fare con Micol".

Lui ha raccolto un cuscino con un'immagine di Che Guevara, me l'ha lanciato ridendo.

Sono rimasto impassibile.

Lui ha smorzato la risatina, poi mi ha fissato con un misto di comprensione e di disprezzo, un'occhiata che diceva del mio cammino ancora lungo verso questo suo "nirvana"che continuava a sbandierare.

"Scusa ma non vedo il problema Micol. Hai capito che non è la donna giusta o cosa?".

"Non è un discorso di donna giusta, è che mi sento soffocato dalla convivenza".

"Ti senti soffocato ma dipendente è questo no?".

"Non è che esistano solo dipendenze o fughe, ci sono anche i punti di riferimento".

"A meno che non si sia così forti da vivere senza, senza appigli voglio dire".

"E tu ci riesci?".

Lui ha sospirato. Ha detto: "Il tuo problema è porti delle mete, accanirti su possibili traguardi".

"È normale no?".

"È uno sbaglio. La piena espressione del sé avviene solo quando smettiamo di attaccarci a qualcosa e ci lasciamo guidare dalla vita che ha più fantasia dei suoi squallidi titolari".

Mi guardava con quegli occhi magnetici, mi sentivo un cretino.

Ha infilato una mano in tasca, mi ha porto una fotografia.

Un ragazzo biondo dai lineamenti delicati, lo sfondo azzurro di un nevaio.

Ho guardato Saverio: i suoi occhi avevano perso la solita fierezza, s'erano inumiditi in uno sguardo malinconico.

In quel momento capivo da quali traumi possono nascere le nostre difese, le incrostazioni che ci condizionano.

"Era un ragazzo eccezionale, fuori dagli schemi.

Quando è morto mi sono sentito un mutilato che si guarda in uno specchio impietoso. Solo a Poona ho ritrovato il senso della mia autosufficienza".

Ho fissato ancora la foto, gliel'ho restituita con un gesto rispettoso.

Ho cercato di distrarlo; "E il Centro del possibile, che spazio ha nella tua vita?".

"Mi fa sentire bene, dopo anni di tribolazioni ho trovato il mio habitat naturale".

"Hai sofferto molto?".

"Sono vissuto in una famiglia di egoisti, mio padre se ne è sempre fregato di me, mi ha affidato a una vecchia zia".

"E tua madre?".

"È morta che avevo pochi mesi. Mio padre ha moltiplicato i suoi impegni da imprenditore arricchito, è diventato 'internazionale'. Mi ha lasciato in balia di mia zia e dell'insopportabile ambiente torinese".

"Gli hai mai parlato apertamente?".

"Solo negli ultimi tempi. Ma ora è lui ad aver bisogno di me, gli è preso l'Alzheimer".

Mi sentivo complice della sue sofferenze.

"Anch'io ho avuto le mie difficoltà", ho detto.

Tutte le volte che aprivo bocca si metteva a sbadigliare. Ora sonnecchiava sulla poltrona.

L'ho provocato: "Io non ce la farei a basare tutto sulla Comunità".

Lui s'è scosso, s'è messo a passeggiare per la stanza.

"Forse perché non lo vuoi, qui non ci sono i soliti luoghi comuni".

"Ad esempio?".

"Non ci sono inibizioni o cose datate tipo la fedeltà". Ho pensato a Micol, alla sua disponibilità; volevo proteggere la sua immagine, sottrarla a una discussione senza senso.

"Ti vedo perplesso", ha detto lui.

"Sto pensando al tuo discorso, non mi dire che tutto si riduce alla caduta delle inibizioni".

"Guarda che non ci sono solo le inibizioni sessuali ma anche quelle che ti impediscono di vivere come vuoi".

"Fammi un esempio".

Si muoveva con finta stanchezza, sembrava un maestro stufo di ripetere la lezione.

Ha raggiunto la finestra, guardato fuori. "L'esempio sei tu, la tipica persona che ancora non ha trovato una sua dimensione".

Avrei voluto parlargli di Federica e delle mie emozioni, ma ormai mi sentivo maldisposto, sull'orlo di un corpo a corpo dialettico.

"Mi domando quando la smetterai di fare l'uomo passivo che non vuole contagiarsi con la vita", ha sentenziato lui.

Non volevo dargli soddisfazione.

Mi sono seduto io sulla poltrona, ho provato a cambiare gli equilibri.

Lui ha insistito: "Perché non provi a vivere senza le solite dipendenze?".

"Se non ci sei riuscito tu che sei così disinibito, mi dici come potrei farlo io che sono un conformista?".

Ha fatto un sorriso inamidato. "E sentiamo un po' dove sarebbe questa mia dipendenza?".

"Il Centro del possibile ad esempio. I massaggi, il Reiki, la bionergetica, non sono dipendenze queste?".

Aveva lo stupore macabro di chi si vede ammazzare da un parente. Si sforzava di mantenere un contegno. "Sbagli caro, sono discipline che servono a renderti autosufficiente, a non avere bisogno delle solite stampelle esistenziali".

"La maggior parte della gente che sta qui è disperata, non ce la farebbe a vivere senza queste dipendenze".

"Continua pure a criticare tutto, continua a fuggire, è una difesa anche questa". Aveva usato un tono a raffica, un timbro da segreteria telefonica.

S'è ripreso il vassoio, era stizzito come un bimbo capriccioso.

S'è girato verso di me. "Io almeno il coraggio di fare delle scelte, tu invece sei sempre in mezzo al guado".

Una staffilata.

Una verità odiosa con cui prima o poi dovevo fare i conti.

• • •

In Procura girano facce strane, la storia dell'anonimo forse è trapelata.

Mi sento murato vivo dentro me stesso.

Evito di parlare con mio padre, un elefante non può girare in una cristalleria.

Allora chiamo mia madre.

Il donnino si preoccupa per la mia reputazione, piagnucola. Dice che a lei posso dirlo, mi domanda se ho ucciso Micol.

"Certo, non lo sapevi?", rispondo.

Poi lascio il microfono penzolante, vado in cucina.

La sento implorare nel vuoto, rimane sola con le sue responsabilità.

• • •

Era arrivato il giorno del seminario-copertura.

Siamo tutti seduti a gambe incrociate in una specie di circolo virtuoso; io mi voltavo verso l'uscita, studiavo vie di fuga.

Federica se n'è stata per tutto il tempo con una mano sullo stomaco, aveva lo sguardo perso nel vuoto.

Ad un certo punto abbiamo fatto un esercizio noiosissimo: ogni allievo doveva mettersi al centro del circolo e parlare delle proprie emozioni.

Federica ha fatto un discorso melenso sempre con questa mano sullo sterno; ha esaltato il "Centro del possibile", ripetuto minimo venti volte che "lei stava bene".

Mi domandavo se credeva veramente in questi riti o se anche lei recitava una parte, un modo come un altro per allontanare problemi irrisolti.

Dopo pranzo mi ha seguito nell'alloggio; mi sentivo combattuto tra la voglia di ferirla e un desiderio fisico che non mi dava tregua.

Ci siamo sdraiati sul letto; fissavamo il soffitto e non sapevamo cosa dirci.

"Come mai sei così silenziosa?".

"Cosa vuoi sapere?".

"Ad esempio come sei finita qui". Mi ha guardato stupita. Ho detto: "Mi hai sentito?".

S'è alzata di scatto, ha acceso il registratore. Diventava nervosa alla sola idea di doversi aprire con qualcuno. L'ermetismo era il suo stile di vita, derogabile solo in casi eccezionali.

Mi ha chiesto se volevo un caffè d'orzo.

"Non mi hai risposto".

"È il posto ideale per studiare architettura".

"Hai trent'anni, non sarebbe ora che ti laureassi?".

"Preferisco cercare me stessa".

Avrei voluto andarmene, ma c'era questa calamita che mi faceva respirare la sua pelle, che mi ipnotizzava come un maledetto narcotico.

"Vorrei essere l'unica donna della tua vita", ha detto togliendosi lo slip.

Poi mi ha toccato una gamba, mi ha proposto un bagno in piscina.

Le ho risposto che preferivo leggere.

• • •

Mia madre mi consiglia l'avvocato Zanobini, un vecchio legale noto per le sue doti psicologiche.

Osannatole dalle "cariatidi" che va a visitare.

• • •

Sono uscito dall'alloggio con un gettone in mano. Ho respirato come prima di un'immersione. Poi mi sono infilato in una cabina telefonica.

"Scusami ma proprio non ce la faccio a tornare, il seminario si sta prolungando".

"Non ti preoccupare".

"Sei arrabbiata?".

"No".

"Sei sicura?".

"Sì".

"Micol?".

Aveva riattaccato.

• • •

Federica è uscita dal bagno completamente nuda: la musica celtica accompagnava il suo ondeggiare.

Ero in poltrona, vestito solo di un piccolo asciugamano.

Lei si è seduta a gambe incrociate nella posizione del loto.

"Prova anche tu", ha detto.

Ho fatto cadere il telo, ho camminato verso quella femminilità sconosciuta.

L'ostrica rosa tra le sue gambe diceva di fare presto.

Mi sono seduto davanti a lei; faceva respiri profondi, piccole gocce sul seno parlavano della sua voglia di un uomo. L'ho presa sotto le braccia, l'ho fatta sedere su di me a gambe larghe.

Abbiamo viaggiato in un dondolìo silenzioso; ci guardavamo negli occhi, spiavamo il nostro piacere. Abbiamo accelerato il ritmo: lei gemeva, implorava "ancora", io le baciavo il seno, facevo scivolare le dita nell'incavo delle natiche.

Uscivo da me stesso: mi sentivo senza passato, trascinato in un mondo di istinti, nel regno di una carnalità amorale. Un urlo ci ha liberato di tutta la tensione, di tutte le voglie represse a forza di nudità esibite e osservate. Poi siamo caduti all'indietro. Esausti, avvolti in un'atmosfera priva di significato.

Seguivo le linee del soffitto e rincorrevo il senso dei miei comportamenti: primi interrogativi, ritorno di razionalità.

Risa sguaiate spezzavano l'incantesimo: Patrizia e Saverio erano completamente nudi, di un colorito paonazzo, inumano.

• • •

Gli impacchi di zenzero sugli zigomi erano la miseria che mi legava a Federica.

Aveva architettato lei il tutto, per colpa sua avevo rotto due denti a Saverio, chiamato "puttana" Patrizia.

Mi medicava in silenzio; facevo urletti insofferenti, piccole staffilate di rabbia.

"Te la sei presa?", ha detto.

"Sì".

"Per me era una cosa naturale".

"Per te è tutto naturale, hai vissuto trent'anni fregandotene del mondo".

Guardavo quel viso ormai estraneo. Ora i suoi lineamenti mi sembravano incolori, una faccia disegnata sulla carta.

Mi sono alzato di scatto, ho fatto cadere l'impacco.

"Aspetta non ho finito", ha detto lei.

Ho raccolto la mia roba, l'ho infilata in una sacca.

Lei ha scrollato le spalle: s'è seduta di nuovo nella posizione del loto. Ho detto: "È questa la vostra moralità?".

"Non ti capisco".

"Predicate predicate non fate altro che predicare".

"Non urlare per favore".

"Vi bevete il cervello con le 'sacre discipline' e poi non avete un minimo rispetto per i sentimenti, ma che razza di gente siete?".

"Torni da Micol?".

"Affari miei".

"Tanto tornerai da me".

Ho raggiunto la porta senza voltarmi: avevo fretta di archiviare quella faccia.

• • •

Mia madre mi aveva convinto.

Sono immerso nel bordeaux di uno studio legale.

"La denuncia per diffamazione la puoi anche presentare, ma non è questo il punto", dice l'avvocato Zanobini.

Va per gli ottanta e mi sembra impossibile.

Ovale roseo-levigato, papillon in tono.

Un Poirot post litteram.

"Bello mio la tua intuizione è giusta, qualcosa non va in tutta questa storia".

Mi sento piccolo in questo divano cremisi e mi vergogno di avere cinquant'anni meno di lui, con i ciuffi biondastri che si affannano a ricrescere e la mia faccia stinta.

Zanobini si accende una pipa panciuta, adatta al suo aspetto massiccio. Passeggia per la stanza, degusta se stesso e l'aroma olandese. "Mon ami ti vedo un po' abbattuto". Ha una voce alla Hitchkock, in linea con i suoi francesismi.

Si ferma, mi punta la pipa in modo spiritoso. "È giunto il momento di reagire".

Intuisce che sono depresso, quel conversare leggero non si addice al mio malumore.

Si siede su una poltrona girevole, fa un'espressione contrita, un bimbo che non può più giocare.

"Cominciamo dall'anonimo. Non trovi sia degno del miglior Dunrematt?".

"Che cosa?".

"Bello mio vuoi sapere come la penso?".

"Dica".

"Chi ha scritto la lettera non è un persecutore. Semmai, diciamo,

è uno che si vuol male. Comunque dammi ascolto. Bisogna seguire sempre le proprie intuizioni, esplorare il fondo di se stessi".

Due occhi-feritoia reclamano la mia storia.

Accenno alla mia solitudine, alle mie esperienze.

Lui fotografa la mia personalità con esattezza scientifica, pennella di acume il seguito del racconto. "La verità va cercata in questo contesto, diciamo, di gelosia".

Poi mi domanda: "Perché giochi con la tua vita?".

"In che senso?".

"Ma sì, caro, ti diverti a nasconderti le cose, sei bravo al rimpiattino con te stesso".

• • •

Ero letteralmente fuggito da Moncalieri, ancora ebbro del sapore di Federica.

Ho guidato come un pazzo fino a Torino.

Sono arrivato davanti al casamento, ho lasciato la Dyane in seconda fila.

Ho fatto le scale di corsa, rovistavo nella serratura e nei miei interrogativi.

Lei era a letto, le coperte rimboccate.

M'ha fissato.

"Te la sei mica presa?".

"Non c'è più niente da dire Francesco".

È sgusciata via, svolazzava per la stanza con la sua camiciona rosa.

"Dove hai messo la valigia?", ha chiesto terrea.

Le ho indicato uno sgabuzzino, mi sono afflosciato sulla sponda del letto. "Te ne vuoi andare?".

Non ha risposto. Ha aperto il guardaroba, fissato gli abiti immobili.

"Vuoi rispondermi per favore?".

Ha preso una camicia piegata, l'ha guardata in controluce. Ha detto: "Avevi ragione tu, non ha senso questa convivenza".

Ha tolto la valigia dallo sgabuzzino, l'ha appoggiata sul letto. "Ti spiace se porto via il frullatore?".

Mi sono avvicinato, le ho sfiorato i capelli.

"Non te ne andare".

"Non insistere".

Aveva gli occhi cerchiati, era pallida di rabbia e di rassegnazione.

Ho detto: "Ma cosa ti ho fatto?".

S'è accesa d'un lampo sarcastico. "Cosa mi hai fatto? Hai fatto i cavoli tuoi dalla mattina alla sera, ecco quello che hai fatto!".

"Non è vero!".

"Mi hai messo a perdere con le tue paranoie, hai spento il mio entusiasmo, la mia gioia di vivere!".

"Smettila!".

"Ma sono io che ho sbagliato, sono stata troppo paziente, ma ora basta, sono stufa, stufa marcia!".

Non trovavo uno straccio di argomento, pensavo già alla casa vuota, mi vedevo girare per Torino come un barbone angosciato. La rincorrevo per tutte le stanze: "Dove vai eh? Hai sempre parlato di amicizia no? Hai detto che potevamo essere soltanto amici? E allora perché te la prendi tanto eh perché?".

"Stronzo lo sai benissimo che non è così".

"E allora perché te ne vai? Rimani per favore".

"Falla finita".

Sono andato in bagno, mi sono curvato sulla tazza. Ho infilato un dito in gola, vomitato a vuoto.

Lei ha spalancato la porta: s'è avvicinata cauta, si sforzava di non perdere il controllo.

Mi ha messo una mano sulla fronte, sussurrato: "Meglio adesso?". Mi tamponava la bocca con un asciugamano, diceva: "Francesco" con un tono basso, un misto di rimprovero e di comprensione.

Siamo rientrati in tinello mano nella mano: per un momento mi sono rasserenato, mi voleva bene, voleva bene a quella marionetta tenuta da fili improvvisati.

Ma poi è sgusciata via di nuovo, era tesa e determinata dietro la bandiera del suo benessere.

Allora mi sono messo a girovagare per la stanza, mi sentivo un ubriaco alla ricerca di una panchina inesistente.

Mi sono accovacciato in terra, "ho sbagliato, d'accordo non andrò più al Centro del possibile, vuoi che te lo giuri?".

Lei ha interrotto il suo sadico affaccendarsi, m'ha squadrato. "Non me la sento di continuare questa storia, mi devi scusare". Mi sono alzato, ho urlato: "PORCA MISERIA MA CHI CAVOLO TI CREDI DI ESSERE ANCHE AI CONDANNATI A MORTE SI DÀ UNO SCHIFO DI RETTA!".

Lei mi ha risposto scuotendo la testa.

Mi sono trascinato fino alla parete, ho staccato un manifesto di Montmartre. Gliel'ho lanciato addosso.

"Lasciami la sveglia, parto alle 7", ha sentenziato impassibile.

• • •

Zanobini mi aveva illuminato.

Ho chiamato subito il "Centro del possibile", ho chiesto se avevano notizie di Federica.

"Affascinante, ci ha scritto una cartolina dall'India", ha detto un deficiente dalla voce impostata.

• • •

Micol se n'era appena andata e avevo già iniziato con gli atti di contrizione.

Ho chiamato Saverio, gli ho detto che mi dispiaceva per quello che era successo, avevo apprezzato la sua voglia di aiutarmi.

Lui mi ha rinfacciato i denti rotti, poi ha fatto le solite osservazioni critiche sul mio stile di vita.

Diceva che ero l'uomo dei chiaroscuri, mi invitava a passare questo ritrito "guado".

Alla fine ho chiamato Federica.

Lei mi ha risposto serafica; ha detto che Micol non era per me, che avevo bisogno di una donna più originale.

"Mi prometti che non la sentirai mai più?".

Alla fine mi ha invitato a Moncalieri, l'ennesimo rendez vous in piscina.

• • •

Giravo per la città e mi sentivo trasparente.

Incrociavo facce anonime, l'austerità cupa dei palazzi: un ingranaggio di solitudine e depressione.

Allora mi chiudevo in casa.

Rimanevo invischiato in una massa gelatinosa di angoscia, voglia trattenuta di telefonare a Micol, tentativi di reazione abortiti in nuova pigrizia.

Spulciavo le pagine gialle alla ricerca di circoli new age, di ambigue terapiste del corpo.

Al confidente di turno sfoderavo il campionario delle mie depressioni.

Non sapevo come comportarmi con Federica, mi sembrava una donna pericolosa, capace di tutto.

Alla fine ho chiamato casa Senisi.

Mi ha risposto Dante, ha detto trionfante che Micol studiava a Los Angeles. Poi ha aggiunto: "Ma scusa cosa vuoi ancora dalla nostra famiglia?".

Mi ha fatto sentire una specie di delinquente, un estortore o un usuraio del suo piccolo mondo antico.

Terza Parte

A gennaio ero tornato a Genova.

Facevo tirocinio in Procura, mi sentivo rinascere rispetto alla vita piatta che avevo fatto a Torino.

Non avevo più sentito Micol.

Marco Fantoni mi aveva detto che era ancora negli Usa; si era laureata e studiava per un dottorato di ricerca.

Un pomeriggio ho girovagato davanti a casa Senisi; dopo un'ora ho visto arrivare Dante e Marzia con borse e pacchetti della spesa; erano cupi e complici come due colonne che si sostengono a vicenda.

Il giorno dopo sono riuscito a parlare con Marzia.

Lei prima ha glissato: "Uh lasciamola stare quella bambina", poi ha confermato. "Micol la rivedremo tra un anno, se il Signore lo vorrà".

• • •

Ero impegnatissimo con il lavoro. Vivevo di una benefica tensione scaccia-pensieri.

Mi ero messo con una ragazza dimessa. Faceva l'estetista e mi dava sempre ragione. Esaltava qualsiasi cosa facessi, ad ogni occasione ripeteva: "Sei un grande".

Per questo l'avevo lasciata.

• • •

L'anno era finito in una nuova fase di nostalgia per Micol. Facevo prove telefoniche per vedere se era rientrata.

Marco mi ha frenato; ha detto che Micol non aveva la minima voglia di tornare.

Nei primi mesi dell'anno nuovo ho continuato con le mie verifiche; a metà marzo una voce calda mi ha scombussolato come una scarica elettrica.

• • •

Eravamo in un chiosco sul mare, cercavamo un rapporto fra gesti di maniera, occhiate sfuggenti, orgogli retrospettivi da ferite ancora aperte.

Lei giocava con una cannuccia, tormentava l'ultimo ghiaccio dell'aperitivo. Era abbronzata, i capelli a caschetto di un biondo-lucente. Più formosa rispetto al periodo torinese.

"Sono cambiata, m'ha fatto bene l'esperienza americana". Era seduta obliqua davanti a una ringhiera, guardava il mare; il giubbotto di camoscio e gli occhiali da sole le davano un'aria da pubblicità televisiva.

"Prima prendevo le cose troppo seriamente, avevo questa mania di catalogare tutto".

"Forse".

"Ero diventata così grazie alle ansie di mio padre, è da quando ero piccola che continua a ripetere che resterò zitella". "Zitella", ha ripetuto con una voce da vecchietta.

Ho detto: "Come la Moratto?".

"Che tipa eh", si è calata gli occhiali sul naso, ha gonfiato il viso come la vecchia Prof.

Ha scimmiottato un tono da soprano: "Manteri con lei ci vedremo in presidenza".

Scoppiamo a ridere; torniamo seri, ridiamo ancora.

"E poi la storia dell'impegno, non sai che ossessione era diventata".

"Che impegno?".

"L'impegno per un uomo no? Per mio padre non si possono avere delle relazioni, qualsiasi storia deve per forza finire nel matrimonio".

"Come mai questa idea?".

"È ossessionato dal suo cattolicesimo, durante il periodo torinese mi diffidava dal fare 'porcherie prima del matrimonio'".

"E tu?".

"Un po' mi ha condizionato. Pensa che quando ci siamo lasciati, mi ha dato della 'leggera', ha detto che se l'avesse saputo, mia madre si sarebbe rivoltata cento volte nella tomba".

Ha scosso la testa, sorriso. Poi s'è adombrata; ha inclinato il bicchiere, ci ha guardato dentro come a inseguire pensieri. "In fondo è un brav'uomo. Sai s'è sbarazzato di tutti i ricordi della mamma, li ha seppelliti nel garage".

Ha spostato il bicchiere con un gesto risoluto, quasi uno scacco matto al suo passato. "Ma dimmi di te piuttosto".

Le ho raccontato dell'ultima fase torinese, del trasferimento.

"Mi dispiace di averti fatto soffrire", ha commentato.

"La giusta punizione per quello che t'ho fatto passare".

"Diciamoci la verità Francesco, quella convivenza io te l'avevo imposta".

"Mi avevi visto in difficoltà, hai pensato di aiutarmi…".

"Appunto per questo non ha funzionato".

Ho fatto un'espressione interrogativa.

Micol ha sorriso benevola, sembrava una maestra con il suo scolaretto. "Eravamo tutti e due fragili, bisognosi d'affetto. E una relazione che nasce dal bisogno non può che essere artificiale. Destinata ad andare in crisi appena finisce l'emergenza".

"Molti rapporti vanno avanti così".

"Ma non è quello che voglio io, a me interessa solo una storia tra due persone che si desiderano".

"E allora perché eri venuta a Torino?".

"Ero morbosamente attaccata a te e ai tuoi problemi".

Ci siamo ammutoliti. Nell'aria il ronzio delle cose non dette. Si è accesa una sigaretta. "A cosa stai pensando?", ho detto a bassa voce.

"Niente".

"Dai dimmelo".

"È che forse non sono stata completamente sincera".

Ho sentito il brivido di una cattiva rivelazione.

"Ti voglio bene Francesco, ma non ero... non sono sicura di amarti".

Mi sono sentito sbalzato in un luogo sconosciuto, un deserto brullo di certezze. Dovevo avere uno sguardo perso. "Perché guardi nel vuoto?".

"Niente, niente".

"Non devi mica prendertela sai, è da una vita che mi chiedo cosa sia l'amore e poi... neanche tu mi ami".

Mi sono alzato di scatto. "Vieni qui, non fare il solito bambino", ha detto lei.

Mi sono seduto di nuovo. Micol ha aperto una borsetta, ha tirato fuori la vecchia agenda torinese.

"Te la lascio. Forse ti aiuterà a capire 'questa donna così misteriosa'". Mi ha preso una mano, l'ha tenuta tra le sue. "Negli ultimi tempi mi sento un po' strana. È come se mi fossi corazzata, sono andata persino a vivere da sola. Forse... non sento più l'esigenza di un legame".

"Non c'è problema".

Sono andato alla cassa. "Qui non si fa credito", recitava un cartello.

Sembrava l'avesse scritto Micol.

• • •

Zanobini si è sorbito questa rimpatriata.

Alla fine sospira. Solleva la pipa come se fosse un diamante, la ri-

mira. Dice: "Questa donna è disposta a tutto, pur di far morire la sua parte immatura. Ma c'è qualcuno che l'ostacola, e questo qualcuno tu lo conosci molto bene...".

• • •

Leggevo le riflessioni di Micol, i dubbi sui suoi sentimenti. Eravamo stati stupidi a nasconderci in un gioco delle parti così stereotipato.

I miei avevano ripreso a imperversare. Dicevano in coro: "Lascia perdere la Senisi, non fa per te".

Allora mi sono rifugiato in Anna Braglia.

Era rientrata a Genova, gestiva un centro di danza nel centro storico. Mi piaceva la sua vulcanicità, la sua costante insoddisfazione con corredo di chiodi fissi.

Diceva: "A noi donne piacciono gli stronzi, è per questo che rimaniamo sempre fregate".

Aggiungeva che Micol non faceva eccezione ed che io ero troppo buono per riconquistarla.

• • •

Subissavo Micol di telefonate e di complimenti.

Lei non mi considerava granché.

Finché un giorno m'ha chiamato, ha detto che aveva un gran bisogno di parlarmi.

Ci siamo dati appuntamento di fronte alla casa paterna, ho rivisto i vecchi platani: mi sembravano più cadenti, quasi rassegnati al tormentone della mia presenza.

Abbiamo fatto una lunga passeggiata fino al vecchio liceo.

Fra un ricordo e l'altro mi parlava del padre, aveva ripreso a ossessionarla con il matrimonio. "Pretende di indicarmi anche il promesso sposo".

Era Marco Fantoni l'eletto; lei diceva di stimarlo ma di non vederlo come futuro marito.

Il tono della sua voce non mi convinceva.

• • •

Zanobini mi ha dato il compito a casa.
"Intèrrogati su ciò che è risaputo", ha detto sibillino.
Decido di chiamare Marco.
Mi risponde il padre: il figlio è ancora in Africa.
Le sue telefonate sempre più rade.

• • •

Odiavo Marco Fantoni, la sua voce flemmatica: diceva di essere la persona più adatta per Micol.

Parlava senza tatto, come se fossi l'ultimo dei suoi interlocutori. Io facevo finta di niente: sapevo delle sue uscite con Micol, delle sue proposte serie con inevitabile sbocco matrimoniale.

Nel chiuso della mia camera riflettevo su questa farsa che avevo davanti agli occhi. E mi faceva ridere che negli evoluti anni 80 si programmassero matrimoni, si facessero calcoli a tavolino sull'uomo giusto da sposare.

I giochi si esaurivano nella solita cerchia di amici, la stessa da più di dieci anni; forse era colpa di questa città chiusa in se stessa, con noi della media borghesia schiacciati tra gli "arricchiti"che affollano i baretti sul lungomare e la città sanguigna al di là della Lanterna. O forse non era colpa di nessuno, era la solitudine che muoveva certe scelte, il dramma di vite senza veri affetti.

• • •

Micol e Marco si sposavano, lui azzimato e tirato a lucido come ai tempi del liceo, lei con il velo e una faccia poco convinta. Il sogno anneriva le mie notti.

Una domenica mattina mi sono svegliato reduce da questa "infamia", mi sono lavato alla meglio. Mi sono precipitato fuori.

Ho guidato fino al quartiere di Castelletto, ho visto la nuova casa di Micol. Era un palazzetto rosso a due piani, il suo piccolo orto dava un tocco rustico a quella zona elegante.

"Sali?", ha detto lei al citofono.

"Scendi, ti devo parlare".

Mi è venuta incontro con una faccia stupita, siamo andati a far colazione in un bar vicino.

Le ho chiesto del suo imminente matrimonio.

S'è messa a ridere; negava, mi dava del pazzo.

Ho insistito: volevo sapere la verità, per quanto cruda potesse essere.

Lei ha ammesso solo l'insistenza del padre e di Marco che la tempestava di telefonate. "Ma non ci penso minimamente al matrimonio".

"E allora perché esci con Marco?".

"Lo considero un amico, mi dà sicurezza".

"Attenta a non fare sbagli", le ho quasi ingiunto con un tono grave.

Poi le ho restituito l'agenda.

• • •

"Dio Santo ma almeno la chiama qualche volta?".
"Sì, sì," balbetta la madre di Marco.
Le intimo di farmi telefonare.
"Fantoni Marco", "Presente".
Mi urla dentro un passato degenere.

• • •

Un giorno Micol mi ha telefonato, mi ha proposto una gita nell'entroterra.

Al casello dell'autostrada ha iniziato a confidarsi; parlava di Marco, diceva di trovarlo troppo presuntuoso per i suoi gusti. Ha aggiunto: "Sono un po' confusa in questo periodo".

Siamo usciti dall'autostrada, abbiamo percorso una strada in collina. Siamo scesi davanti a un maneggio; un cane guardiano ha cominciato ad abbaiare.

Micol s'è nascosta dietro di me. Io l'ho presa per mano, le ho indicato un sentiero in salita.

Ho detto: "Ci andiamo Micol?". Lei ha sorriso.

Siamo arrivati in un falsopiano. Abbiamo aperto gli zaini, steso una tovaglia di fortuna.

"Chissà cosa direbbe Marco se mi vedesse qui con te".

Ne avevo abbastanza di questo continuo nominarlo, ho detto: "Ma tu cosa pensi di me?".

Lei ha addentato un panino, ha guardato nel vuoto. L'ho sentita di nuovo lontana, frastornata dalla trottola dei suoi umori. Poi s'è decisa. "Mi piaci, peccato che tu sia insicuro, così irrisolto".

Allora ho cercato di abbagliarla con i miei successi, con il mio nuovo ruolo di investigatore.

Ho detto che ero contento della mia autonomia e del mio potere, e che mai avrei sopportato di essere "il galoppino di qualche vecchio barone".

"Come Marco vero?", ha detto lei.

Non ho fiatato.

La partita con Marco non poteva giocarsi sulle parole.

Ci volevano fatti che scatenassero emozioni.

• • •

Palombi si gratta la fronte. Ha la faccia preoccupata di un fratello maggiore.

"Cos'è successo?".

Lui si accarezza le mani, tipo prete nervoso.

Dice: "L'anonimo. Stavolta ha telefonato. Una voce ambigua, in falsetto".

"Cosa vuole?".

"Mi ha suggerito di perquisire la casa di Marzia".

"Motivo?".

Ha detto che troveremo un diario interessante".

"Da dove ha chiamato?".

"Vediamo di saperlo".

• • •

Micol mi aveva invitato a casa sua.

Quella sera mi sentivo senza la zavorra degli atteggiamenti studiati, traboccavo di emotività. A tavola aggiungevamo confidenza a confidenza: bicchiere dopo bicchiere, liberavamo le nostre debolezze.

Finito di mangiare siamo andati in salotto, ci siamo immersi in una commediola inglese in videocassetta.

La casa era la nuova Micol.

Una panca etnica con un candelotto d'incenso coloravano di esotico. Il divano in acrilico era un soprassalto di modernità.

Siamo seduti su un tappeto di cocco, le schiene appoggiate al divano. Lei aveva un corto prendisole da cui sporgeva il seno, le gambe nude leggermente divaricate.

Le ho messo la mano su un ginocchio.

Micol aveva lo sguardo fisso sul film, rilasciava le gambe.

Ho infilato la mano sotto il vestito, le ho accarezzato lo slip. Le mie dita scivolavano sotto l'elastico.

Sorvegliavo la sua espressione, la bocca semiaperta, languida di stupore.

Ho cercato di abbassarle lo slip: lei ha chiuso le gambe in una morsa pudica. "Ma sei matto? Lo sai che per questa cosa bisogna essere sposati?".

"Dai ne hai voglia anche tu".

"Guarda che dico sul serio".

"Lasciami fare".

Aveva una faccia scandalizzata, pupille sgranate per lo stupore. "Non ti preoccupare", l'ho rassicurata.

L'ho fatta sdraiare. Poi le ho sfilato le mutandine, tolto il prendisole.

Ho contemplato la sua nudità; non era più l'amica di sempre.

Un corpo di donna. Il corpo parlava, parlavano le sue forme, le sue imperfezioni, l'umido nascosto e ribollente.

Le ho baciato i capezzoli. Ne ho gustato il sapore amarognolo.

Poi mi sono alzato. Sono arretrato fino a una porta-finestra. Ho iniziato a spogliarmi. Micol mi contemplava: ero l'uomo Francesco, anch'io un'entità nuova, lontana dall'amico di ieri.

Mi sono steso su di lei.

"Fai piano", ha sussurrato.

Il suo imene era resistenza elastica, vecchia amicizia che cedeva.

Il sangue caldo un misfatto: il senso di qualcosa che moriva.

• • •

Palombi è una maschera cupa. "La telefonata è arrivata da una cabina telefonica".

"Siamo daccapo".

"Ho fatto perquisire la casa di Marzia".

"Allora?".

"Abbiamo trovato il diario".

Mi mostra il suo trofeo. Riconosco la copertina di marocchino. "È di Micol", balbetto.

Apre il diario, squaderna il suo verdetto. "Che ne dici di questo?".

GENOVA, 20 FEBBRAIO 1987.

CON CHE RAZZA DI UOMO MI SONO MESSA.

FRANCESCO MI HA SCHIAFFEGGIATA, MINACCIATA DI MORTE.

DIO CHE DELUSIONE. MAMMA DAMMI TU LA FORZA DI SOTTRARMI A QUESTA FOLLIA. AIUTAMI TU TI PREGO!

• • •

Il battesimo sessuale non era stato indolore.

Micol aveva iniziato in sordina: "È successo qualcosa di importante no?".

"Sì certo", avevo glissato io.

Una sera di agosto passeggiavamo sul lungomare di Nervi.

"È ora di coronare la nostra storia", ha detto lei.

La mia mente era assente, fiutava odore di ricatto.

Prendo tempo: "È una cosa importante, non si può fare così su due piedi".

"E cosa ci manca? Un lavoro ce l'hai, io guadagno qualcosa con le guardie, e poi c'è mio padre che ci può aiutare…".

"Voglio maturarla bene questa cosa".

"Per dicembre ti andrebbe?".

"Va be'". Siamo appoggiati a una ringhiera: lei di schiena, con uno sguardo rivolto al passeggio, io girato verso il mare.

Pensieri di fuga mi scintillavano davanti, come le lampare in lontananza. Mi domandavo perché mi fossi infilato in quel vicolo cieco, e tutto per la mia possessività, per la mia voglia di conquista.

"Potresti essere un po' più entusiasta", fa lei delusa.

Davanti a me un gabbiano. Volteggiava da uno scoglio all'altro, non si decideva.

Ansioso di mettere le radici, insofferente a ogni imposizione.

• • •

Una sera avevo dormito da Micol.

Avevo fatto l'amore distratto, lei sonnecchiava in una permalosa posizione fetale.

Stentavo ad addormentarmi, rivivevo la farsa di due giorni prima.

Ha aperto il sipario Dante.

È entrato con un Borsalino da Polizia segreta.

Mi ha preso da parte, mi ha guardato con la sua faccia lunga da prete. Ha detto: "Scusa ma hai già pensato a un corso pre-matrimoniale?".

Mio padre intingeva ragù e parlava a Micol: "Cara mia, ah se lo dovrai accudire; non ci fossi io a scuoterlo, finirebbe sommerso dalle multe e dalle ingiunzioni!".

Mia madre pareva meccanica, trottolava dal salotto alla cucina come un orsetto caricato a pile.

Ad un certo punto Dante s'è messo a parlare di cartelloni pubblicitari e mia madre: "Uh come ha ragione, quella roba mette dei problemi come si dice di inferiorità; si figuri che anche Francesco vorrebbe essere bello e alto come quei modelli lì".

Micol mi lanciava occhiate d'intesa, mi incoraggiava a resistere su quel ring improvvisato.

Poi l'ultimo colpo di genio. "Beh, non fateci aspettare troppo per i nipotini", ha gongolato Dante sulla porta.

"Magari mi dessero questa soddisfazione", contrappuntava mia madre, giuliva come un uovo di pasqua.

• • •

Un pomeriggio sono salito sulle alture della città.

Ho parcheggiato in uno spiazzo sterrato, mi sono infilato in un viottolo.

Ho camminato per un po'; poi mi sono seduto su una panchina di pietra.

Ho consultato il medaglione di Saverio.

Giravo e rigiravo le due facce; ascoltavo la voce che fuoriusciva dal bronzo: "Amico mio sii te stesso: lavora e ozia, legati e stai solo, fantastica e vivi".

Doppio come il medaglione.

Crocevia di contraddizioni.

• • •

Palombi ha davanti la solita mela, questa volta si dimentica di mangiarla. Si toglie gli occhiali, mi fissa con i suoi occhi bovini. "L'avevi esasperata eh?".

"Non me l'aspettavo", dico.

"A tutto c'è rimedio".

"Vuoi incriminarmi?".

Sospira. "Tu mi sottovaluti Francesco".

"Spiegati".

"Credi che sputi su un'amicizia?".

"Ormai quel diario è di dominio pubblico".

"Ed io dirò al mondo che qualcuno ti vuole incastrare".

• • •

"OGNI UOMO HA DUE VITE: UNA REALE E UNA PARALLELA. LA PRIMA È QUELLA CHE CREDE DI AVER SCELTO, COL SUO LAVORO E I SUOI AFFETTI; LA SECONDA È IL PUNTO DI APPRODO DELLA SUA FANTASIA, SPERANZA DISPERATA COME L'IMMORTALITÀ".

"E questo?".

Micol aveva trovato il mio aforisma in salotto, un foglietto spiegazzato sotto una pila di giornali.

Mi stiracchiavo, cercavo di minimizzare.

"Vuoi spiegarmi il concetto per favore?".

Mi sono seduto sul divano, ho detto con voce stanca: "Che cosa vuoi sapere?".

"Questa bella idea della vita parallela vale anche per il nostro rapporto?".

"Cioè?".

"Licenza di tradimento no?".

"Non essere banale".

Si è seduta sul tappeto a gambe incrociate, si è abbracciata il corpo in una mossa autoprotettiva.

Potevo ancora fermarmi. Invece: "Mi sento tremendamente complicato".

Il suo viso dolce peggiorava la situazione.

Ho detto: "È che non me la sento di sposarmi".

Lei s'è alzata di scatto, ha raggiunto la porta-finestra. Ha guardato fuori. Poi s'è girata. Aveva occhi di sfida e di rassegnazione.

"Mi fai un favore Micol?".

Una faccia di pietra. "Mi ascolti una volta senza le solite scene madri?". Era esangue, le braccia incrociate in una morsa di tensione. "Parla", ha detto in tono soffocato.

"Ti chiedo di riflettere, dobbiamo uscire da quest'ingranaggio. Non possiamo farci strozzare da termini e scadenze, dobbiamo conoscerci meglio…".

"Non faresti prima a dire che non mi ami?".

"Non ossessionarmi con queste definizioni, per favore!".

"E dobbiamo continuare con questa commedia allora? Fare finta che non ci conosciamo abbastanza, tirare fuori scuse, pretesti?".

"Ma non sono scuse, lo capisci? Io lo penso veramente di non essermi fatto conoscere!".

"Piantala per favore! Hai fatto di tutto per riconquistarmi, ed ora te ne esci con la solita voglia di fuga. Lo sapevi benissimo che ti stavi impegnando!".

Ha iniziato a piangere, s'è accasciata sul divano.

Le sono andato vicino, ho detto a voce bassa: "Cerca di ragionare, non ho messo nessuna firma io, perché mi vuoi costringere?".

Lei ha tirato su con il naso, mi ha allontanato con la mano. Poi s'è alzata, cercava di darsi un contegno.

Ha fatto qualche passo impettita, poi s'è girata verso di me. Lacrimava e sorrideva. "Ma sì, non importa, hai ragione tu, lasciamo perdere".

Mi sono sentito incoraggiato. "È bene che tu lo sappia Micol, io voglio essere ambivalente. Mi interessa la norma soltanto se c'è la stravaganza, mi interessa la quotidianità ma anche l'imprevisto".

Scuoteva la testa, non parlava più. Ed io: "Il matrimonio non è un contratto, è un passo che si fa con la sicurezza di un'affinità totale".

"Sei un illuso".

"Te la senti di condividere la mia mentalità? La mia voglia di stimoli e di esperienze?".

"Perché ti nascondi dietro queste paranoie? Dillo che sei contro il matrimonio, che cerchi ancora la donna ideale!".

Mi sono avvicinato, le ho sfiorato le spalle. "Senti non è che non ti capisca. Lo so che è una delusione non sposarti, che non ti aspettavi questo passo indietro. Ma non buttiamolo al vento questo rapporto".

Lei s'è sottratta, s'è messa a passeggiare avanti indietro. Alla fine mi ha guardato con un'aria ambigua.

"D'accordo. Non ci lasciamo. Forse mi hai sottovalutato, mi hai sempre considerato una conformista. Pensavo avessi capito la mia curiosità, il mio desiderio di crescere prima di fare scelte definitive. Mi sono sbagliata evidentemente".

• • •

Subito dopo un silenzio indecifrabile.

D'improvviso quel suo curvarsi sul candelotto, un enigmatico darmi le spalle.

Agitava un accendino, un alone di fumo la rendeva seducente. “Ora spogliati”, dice melliflua.

Mi sono sdraiato sul tappeto.

Mani calde mi accarezzavano, s'insinuavano nei recessi del mio corpo.

Rivalutavo la donna Micol.

• • •

I giornali parlano di me, insinuano.

Palombi ordina una perizia sul diario.

• • •

Il matrimonio mandato a monte: Dante indignato, minacciava di togliere qualsiasi aiuto economico alla figlia.

Mia madre cercava di mettere pace. Telefonava a Senisi, lo invitava a tornare sui suoi passi.

Suo marito l'accusava di “sfarfalleggiare” negli affari degli altri. In fondo era contento: il suo pargoletto avrebbe continuato a saltare la cavallina.

L'unica che manteneva la calma era Micol, diceva di essere insensibile a tutto questo chiacchericcio.

• • •

Ero sempre a casa sua, l'aiutavo a pagare l'affitto.

Lei era in fibrillazione; aveva moltiplicato i suoi interessi, si era avvicinata alla filosofia.

Diceva di essere esclusivamente interessata alla sua ricerca interiore.

Girava seminuda, leggeva manuali sull'intimità sessuale.

Si era comprata un'agenda con una copertina di marocchino;

passava le serate a descrivere i suoi propositi, li arricchiva con particolari sempre più audaci.

Una volta l'avevo trovata in salotto, vestita solo di un paio di stivali. Posava davanti a un'amica pittrice; la tizia mi aveva proposto di spogliarmi per essere anch'io della partita.

• • •

A dicembre Micol mi coinvolge in un corso sull'intesa sessuale.

Eravamo tutti in biancheria intima a parte il Master, un tipo barbuto che sfoggiava un costume da bagno aderente.

C'era bisogno di una ragazza per una dimostrazione pratica. Micol s'è offerta, ha sculettato fino al centro della sala. Il master le ha fatto togliere il reggiseno; poi le ha ordinato di sdraiarsi a pancia in su.

L'ha esplorata da capo a piedi, le tastava i punti chakra, focolai di energia che provvedeva ad attizzare.

I suoi seni al vento si specchiavano in occhi maschili, occhi lucidi e gongolanti.

Ma la faccia da Ulisse del Master non era ancora paga.

Con la scusa di voler rilassare il primo chakra (quello sotto l'ombelico), ha detto: "Scusa eh?", poi le ha abbassato le mutandine.

La sua mano callosa s'è appoggiata sui ciuffi castani di Micol, ha stazionato sullo slip.

Lei ha aperto gli occhi, ha detto: "Che bellezza"; aveva un'espressione estasiata.

S'è messa seduta, ha dato uno sguardo-pennellata al costume rigonfio del Master.

Mi sentivo a disagio; ho abbandonato la sala sotto un fuoco incrociato. Di sguardi sadici e compiaciuti.

• • •

Con Marco ho solo contatti onirici.

Lui con una testa da leone.

Fa una danza della pioggia, perde sangue dai denti acuminati.

• • •

Mi sarebbe piaciuto un rapporto più tranquillo, fatto di passeggiate e complicità.

Gliene avevo parlato. "Ma allora sei tu il conformista", aveva detto lei.

Allora ho cercato di coinvolgerla in attività più spirituali.

Avevo recuperato l'amicizia con Piero Migliorini; lui e sua moglie facevano volontariato, si occupavano di tossicodipendenti.

Ho magnificato la loro "umanità", le ho proposto di frequentarli. Alla fine sono riuscito a organizzare una cena a quattro a casa di Micol.

La serata era trascorsa apparentemente normale, con Piero che cercava di convincere Micol sulle "meraviglie"della psicosintesi.

"La prossima volta per cortesia qualcosa di più frizzantino", ha detto lei a fine serata, con i Migliorini che ancora scendevano le scale.

• • •

Finalmente Marco.

La sua voce querula chiede notizie di Micol.

Gli racconto tutto. "Purtroppo non posso esserti utile", commenta da vero ipocrita.

Gli urlo di tornare subito in Italia.

Poi chiamo Zanobini.

Lui non crede alla storia del persecutore. Dice: "Ho il mosaico pronto, tu stesso caro mio, mi porterai l'ultimo tassello".

• • •

Micol si alzava tardi, defezionava i suoi impegni di lavoro; si era iscritta a un gruppo buddista che praticava il digiuno.

La vedevo sempre più magra e sofferente.

Le ho chiesto che cosa la tormentasse.

"Mi piacerebbe lasciare tutto, andare in un posto bizzarro".

"E cosa potrebbe farti bene?".

"Esperienze divertenti, persone interessanti".

Poi ha citato un nome, quasi volato via dalla mia memoria.

*

Diceva che era il tipo giusto, poteva rifornirci di emozioni.

Un pomeriggio ho guardato cento volte il telefono, alla fine ho chiamato il "Centro del possibile".

Una voce metallica ha detto: "Saverio lavora a Camogli, in un pub".

Dopo varie peripezie telefoniche sono riuscito a parlargli. Lui era depresso; aveva appena perso la sua vecchia zia e la salute di suo padre era peggiorata.

Si sentiva "incavolato"con tutto il mondo, affogava la sua rabbia nel teatro.

Parlava a slogan, sembrava un reduce di Woodstoock.

• • •

Palombi è raggiante. "Sei salvo".

"Cos'è successo?".

"Il tuo persecutore ha forzato una finestra, ce l'ha messo ad arte il diario".

"E le impronte?".

"Non c'è granché, deve avere usato i guanti".

"Dobbiamo riaprire quel caso".

Si adombra. "Vuoi scherzare?".
"Ma ti rendi conto che è in gioco una vita?".
"E tu vuoi mettermi in difficoltà?".

• • •

Saverio provava uno spettacolo in una chiesa sconsacrata del centro storico.

Una sera di febbraio io e Micol gli abbiamo fatto un'improvvisata.

Lui ha subito interrotto la prova.

Era smagrito, giù di nervi.

Ci ha detto che credeva solo in Osho. S'era persino fatto incidere un tatuaggio a stellina sulla fronte. Ha detto: "Ora appartengo agli 'arancioni'".

Poi ha ripreso a provare. S'è esibito in un crescendo di considerazioni filosofiche, rimproveri stucchevoli ai suoi attori. Alla fine ci ha proposto un pub.

Abbiamo attraversato vicoli maleodoranti, superato capannelli da galera.

Saverio e Micol parlavano di teatro; io li ascoltavo estraniato.

Un vecchio bohemien ciondolava davanti a noi; anch'io mi aggiravo in un dedalo di pensieri, cercavo l'ansa più isolata.

Il pub traboccava di sguaiatezza, barbe proterve esalavano fumo e vapori alcolici. Ci siamo seduti a un tavolo striminzito; Micol luccicava di eccitazione.

Saverio esaltava il suo spettacolo, cercava lo sguardo di Micol; ad un certo punto le ha offerto una parte.

Ha detto: "Un personaggio stimolante, la reduce di un campo di concentramento".

Lei ha accettato subito, si sentiva attratta dall'esperienza. Hanno incrociato i bicchieri, brindato al successo dello spettacolo.

Mi sembrava di non conoscere più Micol, di non averla mai

conosciuta. Avrei voluto urlare, ma anche autocontrollarmi, restare freddo.

Ho aperto il portafoglio: controllavo i soldi, facevo finta di leggere foglietti. Loro continuavano.

Mi sono voltato verso il bancone, ho ordinato un bicchiere di vino.

Poi ho squadrato Micol, lei ha smorzato la risatina.

Ho detto: "Ho capito perché sei così interessata alla parte".

"Perché sentiamo?".

"Sei sempre stata schiava di qualcosa. Prima c'era l'educazione, adesso questa recita trasgressiva. Ti vedo bene nella parte della prigioniera".

"Senti chi parla, l'uomo libero".

"Hai sempre avuto bisogno di qualcuno che ti indicasse la rotta, non sei mai stata vera".

"Stai scherzando?".

"Prima c'era tuo padre e il matrimonio, adesso esiste solo la stravaganza. Ma tu chi sei Micol?".

Era rossa di rabbia: "Non sei carino a farmi i conti in tasca davanti a Saverio e comunque...".

"Comunque?".

"Comunque, non ho bisogno della tua approvazione".

I maledetti riprendono a ridere, incrociano bicchieri.

"Non mi hai risposto", li disturbo.

"E che cosa ti deve rispondere? Deve darti ragione per forza?" la difende Saverio.

"Non sto parlando con te".

"È fatto così Saverio, non sta bene se non rompe le scatole!".

"Non mi hai ancora risposto".

"Vuoi che ti sputtani davanti al tuo amico? Vuoi che spiattelli a tutto il mondo che non hai un briciolo di midollo?".

"Proietti su Micol la tua eterna fuga dalla vita" dice quell'imbecille.

"Ah sì? Aggiornati Saverio! Forse non sai che fino all'altro giorno la signorina parlava di matrimonio e adesso s'è messa a recitare la parte della trasgressiva, hai capito, hai capito che forte personalità la signorina!".

Lei si alza di scatto: "Ma che cazzo vuoi Francesco? Questo qui cambia idea ogni momento, non sa chi è e che cavolo vuole dalla vita!".

Saverio la blocca, lei ricade sulla sedia come un pupazzo a molla.

"A non rivederci", ho detto sarcastico.

Mi sono fatto strada tra mugugni e sguardi incuriositi.

Un giovane di colore ha alzato il bicchiere tremolante, mi ha fatto un sorriso di solidarietà.

• • •

Zanobini mi accoglie in vestaglia di raso, le cuffiette di un walkman sulle orecchie.

Mi offre un Avana; "Fuma ti farà bene".

Faccio no con la testa.

Sono seduto curvo sul divano, mi guardo la punta delle scarpe.

L'avvocato sprofonda sulla poltrona girevole. Poi brandisce la pipa, scruta il fornello in controluce...

"Les jeux sont faits", dice.

Taccio. "È giunta l'ora di passare al contrattacco, tu sai cosa intendo...".

"Cioè?".

"È inutile che ce lo nascondiamo, tutti e due pensiamo a Saverio".

"Saverio è morto".

Mi lancia un'occhiata beffarda: "Vuoi farti rovinare da un'accusa infamante?".

"Palombi non collaborerà".

"E tu lascialo perdere , hai delle conoscenze no?".

Agita il pugno. "Forza", dice.

Mi aggrappo a quel gesto virile.

• • •

Dopo la lite al pub siamo stati una settimana senza parlarci; mi chiedevo se avesse ancora un senso vivere insieme, considerate le accuse reciproche e la nostra voglia di rivalsa.

Abbiamo deciso di dormire separati; lei tornava tardi dalle prove, io avevo bisogno di riposo, passavo giornate frenetiche in cui non mi fermavo mai.

Una notte mi sono svegliato di colpo, ho sentito un vociare stridulo.

Ho attraversato il salotto a passi felpati. Mi sono avvicinato alla cucina.

L'ho intravista: era curva sul lavello, rideva da sola.

Sembrava uscita da un postribolo, con quegli shorts attillati e le zeppe bianche dal tacco altissimo.

Ho aperto piano la porta, ho detto: "Ti sei vendicata abbastanza?"Lei ha sobbalzato.

"Ah ssei tu", il mascara le colava sugli zigomi.

Ha ripreso a ridere.

"Cos'hai da ridere?".

Ha smesso di sghignazzare, m'ha fissato seria; poi è esplosa in una nuova risata.

M'è passata davanti malferma, s'è appoggiata alla porta con aria di sfida.

"Sei euforica eh?".

"Meglio. Meglio, meglio. Sono felice. Fe-li-ce hai capito?".

"Sono contento per te".

Parlava con una voce impastata.

"La mia vita è questa capisci, queeesta! Ho bisogno di muovermi dipingere recitare frequentare gente in gamba".

"Come Saverio vero?".

"Sìì come lui!".

"Ti sei dimenticata che stiamo insieme?".

"E tu ti sei dimenticato di essere un uomo?".

"Stronza!".

È venuta verso di me, barcollava.

"E non fai neanche più l'amore, sei l'ombra di te stesso".

Le ho afferrato un braccio; "La devi smettere".

"Lasciami".

"Ti sei fatta scopare eh?".

"LASCIAMI STRONZO!".

Ho mollato la presa; ci siamo fissati per un secondo con tutto l'odio che potevamo vomitarci addosso, ci siamo maledetti con un'onda di energia negativa, nausea e disprezzo per la nostre vite.

Lei è scoppiata a piangere, ha detto: "Dio che squallore", poi soffocata: "È finita vero?".

Ho tentato di abbracciarla, ma m'è sfuggita, s'è curvata in avanti in un conato disperato.

Le ho tenuto la fronte; lentamente ha sollevato la testa. Ha oscillato su se stessa, s'è asciugata la bocca con un gesto disgustato.

"Per favore lasciami sola".

Fissava il muro, il punto indefinito di una nuova vita.

• • •

Una telefonata.

"Mykonos fai presto", dice una voce stridula.

• • •

Quella notte avevo cercato di farla parlare.

Lei singhiozzava, non riusciva a mettere insieme un discorso compiuto. Diceva che Saverio non c'entrava niente, l'aveva delusa; "Magari provassi ancora interesse per qualcuno", ha aggiunto.

Abbozzava mezze frasi troncate dalle lacrime, ha detto tra i singhiozzi: "È che mi sento tanto inutile".

Ho cercato di farla sorridere, le ho detto che potevo aiutarla. Lei continuava a piangere.

È ritornata lucida quando abbiamo parlato di noi; "Ognuno deve riprendere la sua strada", ha detto tirando su con il naso.

Mi ha consegnato il diario.

"Distruggilo", ha sussurrato.

• • •

Micol stava sempre peggio.

Io ero partito per Bari, un provvidenziale impegno di lavoro.

La mattina del mio rientro ero a letto, stavo per addormentarmi dopo una notte passata in treno.

Uno squillo mi fa sobbalzare.

La mia mano brancola, afferra il ricevitore.

Micol. Suo padre era morto di un ictus, lei non aveva retto il funerale.

"Ma dove sei?".

"Ca... bina telefonica vicino Questura", ha balbettato lei.

• • •

Era marmorea, la schiena appiccicata alla cabina.

L'ho fatta salire in macchina.

"L'ho fatto morire io", ha detto piangendo.

"Cosa ti viene in mente?".

"Gli ho solo... creato problemi...".

"Smettila, non hai nessuna colpa".

Qualcosa ancora ci legava. Ma una barriera emotiva frenava gli slanci di un tempo.

S'è messa a rovistare nella borsetta, ha tirato fuori una scatola di calmanti. Ha detto: "Dio mi sono tornati".

Ha preso una pillola, l'ha tormentata tra le mani.

Non si decideva.
Rifiutava il suo presente di donna fragile e bisognosa.

• • •

MYKONOS, SAUNA EXTREME.
C'È UNA BIONDINA IN CAMICE BIANCO; CONSEGNA CIABATTE E MINI ASCIUGAMANO. RIDE.
SONO NUDI NELLA GROTTA-IDROMASSAGGIO.
SCENDONO IN VASCA.
MICOL FA LA POSIZIONE DEL MORTO: BOE UMANE GALLEGGIANO SORNIONE.
POI ESCONO DALL'ACQUA SOTTO SGUARDI COMPIACIUTI, ONDEGGIANO VERSO LA SALA DEL MASSAGGIO.
UNA RAGAZZA ALTA DAL BODY TRASPARENTE LO FA SDRAIARE, MICOL OSSERVA SCOSTATA.
"STROFINA CAPEZZOLI, ACCAREZZA PUBE", SUSSURRA MICOL.
LUI CHIUDE GLI OCCHI, IMMAGINA OCCHIATE COMPLICI.
QUANDO SI ALZA, LEI È SCOMPARSA: LUI SI PRECIPITA VERSO LA GROTTA.
CORPI MADIDI S'INTRECCIANO SU PANCHINE DI PIETRA, MANI TENTACOLARI PALPEGGIANO CORPI.
LEI STA SEDUTA A GAMBE LARGHE, HA GLI OCCHI SEMICHIUSI.
SI MASTURBA. SGUARDO PELOSO DI UN SESSANTENNE VIZZO.

• • •

Micol mi aveva detto di essersi rivolta a Marco Fantoni: lui e suo padre l'avevano riempita di antidepressivi.
Un giorno mi ha fatto una telefonata ambigua.
Mi ha chiesto se potevo fare un salto da lei, nel pomeriggio ci sarebbe stato anche Marco e non aveva voglia di rimanere sola con lui.

Aveva la voce impastata, diceva una cosa e subito dopo si contraddiceva, mi chiedeva consigli e si rispondeva da sola.

Due ore dopo ero a casa sua.

Mi sono trovato di fronte uno strano quadretto; Micol seduta sul divano, avvolta in una coperta, le gambe allungate sulla panca etnica: Marco e Marzia in piedi con un'aria complice.

"Se fai così è peggio", dicevano in coro.

Marco m'è venuto vicino, m'ha sussurrato: "Tipico atteggiamento di chi si fa".

Con la scusa di andare in bagno sono corso in camera di Micol, mi sono avventato sulla sua borsetta. Dentro il portafoglio c'era un cartoncino con un residuo di polvere bianca.

Mi sono precipitato fuori senza salutare nessuno.

• • •

Avevo chiamato subito il pub di Saverio: una voce femminile ha detto che lui era a Genova, doveva prendere un traghetto per la Corsica.

Alle otto meno dieci arrivo in porto con l'ispettore Torresi, il mio nuovo collaboratore della Procura.

Ci siamo presentati in capitaneria. Un ufficiale con la faccia da mangiafuoco ci ha rassicurato: la nave sarebbe partita ad operazione conclusa.

Siamo saliti a bordo, siamo passati davanti alla cabina prenotata da Saverio.

Torresi è rimasto nel vano accoglienza; gli ho detto: "Ci vediamo davanti alla boutique".

Mi sono chiuso in un bagno, ho messo il silenziatore sul revolver.

Sono salito sul primo pontile, ho dato un'occhiata in giro. Ho raggiunto il piano superiore, incrociato un gruppo di ragazzi seduti su dei sacchi a pelo; al centro c'era un tipo Gesù Cristo che suonava la chitarra.

Ho superato la comitiva, intravisto Saverio.

Era seduto su una panchina e tirava boccate dalla pipa-flauto; aveva un'aria malinconica, una nuvola turchina lo isolava in una nicchia di spiritualità.

Mi sono seduto vicino: lui non si è scomposto, aveva lo sguardo fisso sul mare.

In mezzo a noi silenzi, frammenti di irrealtà.

"Cosa vuoi da me?".

"Parlarti".

Cicalecci familiari riempivano pause di tensione.

L'altoparlante annuncia: la nave parte in ritardo.

"Ho saputo che spacci droga".

"Tu vaneggi".

S'è alzato: camminava come un automa, pareva in trance con quella stella sulla fronte.

"Dove vai?".

"Lì dietro, parleremo meglio".

Abbiamo raggiunto un angolo buio pieno di cassonetti e di gomene attorcigliate.

Cercavo di guardarlo in faccia: la penombra lo rendeva ancora più sfuggente.

Ho detto: "Lascia perdere Micol". Lui ha fatto una faccia strafottente: "Micol non mi interessa".

S'è messo a camminare verso il parapetto. Gli ho sbarrato la strada. M'ha sputato in faccia: sono rimasto immobile, gonfio di tensione; lottavo con me stesso, con la voglia di annientarlo. Ho detto: "Ti starò addosso finché vivrai".

Lui ha fatto un ghigno: "Sei una mezza calzetta, ma non lo vedi che nessuno ti considera?".

Ho inspirato, cercato di trattenermi.

"Sei un fallito", ha detto Saverio.

Gli sono saltato addosso: gli ho stretto le mani sul collo, ho afferrato la placca, tirato forte.

M'ha colpito allo stomaco; l'ho guardato incredulo, ho mollato la presa. Sono caduto in ginocchio davanti a lui, i suoi abiti sfocavano in un chiarore abbagliante.

Ha fatto qualche passo verso il parapetto, poi è tornato indietro. Ha tirato fuori un coltello serramanico, veniva verso di me con una faccia sconvolta, gli ho puntato il revolver; continuava ad avanzare, mi sembrava una massa informe, un uomo di fango rivoltante. Ho premuto il grilletto: l'uomo di fango ha ondeggiato, poi è scomparso nel buio.

Sono rimasto a terra accartocciato su me stesso.

• • •

Cinque minuti dopo mi sono alzato, ho barcollato per una scala in discesa.

Mi sono appoggiato al corrimano, una parte di me non voleva scendere.

Alla fine mi sono accasciato dietro una scialuppa.

Ho respirato pesce marcio, l'odore della sconfitta.

Ho preso il medaglione di Osho, l'ho lanciato oltre il parapetto.

Mi sono disfatto del mio passato, l'ho lasciato affogare tra quei flutti scuri.

Mezz'ora dopo sono risalito sul pontile.

Ho raggiunto Torresi; gli ho detto della colluttazione, della fuga di Saverio. Lui s'è messo a correre, l'ho visto dileguarsi nel corridoio delle cabine.

• • •

SONO IN TRE SDRAIATI SUL LETTO.

IN MEZZO A LORO UNA PUTTANA GRECA DAI CAPELLI DI FUOCO.

MICOL È STANCA, TIRATA.

LA PRENDONO DI PESO.
LA BUTTANO NELLA VASCA DI CHAMPAGNE.

• • •

I giornalisti avevano saputo della colluttazione sulla nave.

Hanno scritto: "Ci auguriamo che il giudice Manteri avesse un motivo valido per sparare".

Intanto ho ordinato ai miei uomini di ispezionare Camogli.

Una pattuglia ha perquisito il Centro del possibile.

Di controvoglia ho fatto controllare le frontiere, gli scali aerei.

In casa di Saverio abbiamo trovato vestiti e documenti.

Il che contrastava con la tesi della fuga.

• • •

Palombi era il giudice competente.

Gli ho raccontato di Micol, dei miei sospetti su Saverio.

Lui ha commentato: "Scusa ma ti interessa o no prenderlo?".

Ho fatto uno sguardo indefinito.

Dieci giorni dopo, una segnalazione: il cadavere di Saverio era adagiato su un molo, non lontano dal Comando della Guardia di Finanza.

• • •

Mi sono precipitato al porto con Palombi e Viterbese, il funzionario della scientifica.

Ci siamo avvicinati al molo, abbiamo intravisto una sagoma carbonizzata.

Ho mandato avanti Viterbese. "È la prima volta che vede un cadavere?", ironizza il funzionario; "Guardi che era un suo amico", mi ha difeso Palombi.

Sono rimasto vicino a una barca. Ho vomitato a vuoto.
Viterbese ha fatto un esame sommario del cadavere.
La placca di Osho aveva resistito al fuoco.
Il teschio presentava due incisivi frantumati.

• • •

È quasi un mese che sono qui a Mykonos. Tra corpi tatuati ed efebi dall'aria maligna rincorro il mio destino. Lei mi blandisce, poi mi sfugge di nuovo.

• • •

La mattina dopo il ritrovamento del cadavere ero di nuovo da Palombi. Lui mi ha accolto con uno sguardo disteso.

Ha detto che anche al Distretto risultava che la placca fosse di Saverio.

Ha aggiunto che sul teschio era stata notata una piccola incisione. Ho balbettato: "La stella degli arancioni".

La casa di Saverio era stata di nuovo perquisita.

Palombi:"Non ti eri accorto di quel mezzo chilo di eroina?"

"Ma... se non c'era niente".

"Potevi guardare meglio".

• • •

Alle due di notte Mykonos è una cappa rovente, il nodo scorsoio della mia disperazione.

Nella hall dell'albergo siamo rimasti io e un pastore tedesco. Ci guatiamo, ci facciamo pena.

Me ne vado in camera; il cane mi squadra deluso.

Fisso il telefono per una buona mezz'ora.

Alla fine chiamo un funzionario dell'Interpol, gli racconto tutta la storia. Lui mi asseconda per una vecchia forma di sudditanza.

Mi promette di setacciare Creta.
Mi muovo a tentoni come un toro infilzato.

• • •

Dopo il dialogo surreale con Palombi, avevo passato due giorni a riflettere se era il caso di contraddirlo.

Intanto lui era tornato alla carica; un pomeriggio mi ha telefonato, ha detto di aver parlato con un confidente.

Il tizio gli aveva riferito che De Palma sapeva troppo e che per questo era stato eliminato da qualche boss locale. Alla fine mi ha chiesto di quegli incisivi mancanti.

Gli ho risposto di averglieli rotti io durante una colluttazione.

• • •

Registri e testimonianze dicono che Micol non ha mai messo piede a Creta.

Palombi potrebbe incriminarmi.

Ho spezzato la sua omertà.

• • •

Oramai tutta Genova sapeva dell'inseguimento sulla nave: alla mia "bara"mancava solo un chiodo.

Una mattina ero in ufficio, rileggevo il rapporto su Saverio. Mi passano una telefonata.

"Bella mossa, complimenti".

"Non capisco".

"Ho letto i giornali".

"Si può sapere di cosa stai parlando?".

"Sei un abietto".

"Smettila".

"Mi fai nausea".

Dentro il microfono la faccia di Micol: smorfia d'odio, gli occhi che vomitano disprezzo.

La sua ultima immagine.

• • •

Obitorio, sala d'attesa.

Il padre di Saverio aveva "riconosciuto" il cadavere.

Osservo la scena da lontano, defilato dietro una porta: il mio sguardo lambisce la sagoma curva, poi precipita al suolo, sconfitto.

Palombi stringe la mano al vecchio, cordoglio di maniera.

De Palma padre si allontana oscillando.

"Per me il caso è chiuso", mi sussurra Palombi con una voce melliflua.

• • •

Chiamo di nuovo l'Interpol.

Dico al funzionario di perlustrare Cap d'Adge; c'è una comunità naturista, Saverio la frequentava ai tempi del Centro del possibile.

Brancolo nell'ultimo buio.

• • •

Mi sembrava di impazzire. Saverio morto, Micol che mi disprezzava.

L'ho cercata, dicevo a me stesso che sarebbe stata l'ultima volta. Al telefono mi ha risposto Marzia: mi ha detto che lei non c'era, di lasciarla perdere.

"Mi dica almeno come sta".

Allora s'è sfogata.

Ha detto che "la piccola" era sempre più sconvolta, inveiva contro tutto il mondo.

Frequentava Marco Fantoni, ma lui la ossessionava con la sua gelosia, ridicolizzava i suoi interessi per lo Yoga e la new age.

Insisteva per sposarla; lei inneggiava alla sua libertà.

• • •

Cap d'Adge è il mio capolinea.
Tutti hanno scosso la testa di fronte a quelle foto stropicciate.
Misere sembianze di una speranza assassinata.

• • •

Torresi.
Mi perseguita anche a Mykonos.
"Una voce cavernosa ha detto che Micol è a Corfù".
"Non mi interessa, non mi interessa più niente!".
"Ma signor giudice, ha detto BG, è una sigla, può essere una pista".
"Vai al diavolo".
Sbatto a terra il microfono, quell'ultima sirena.

• • •

Il giorno dopo chiamo Zanobini.
"Non hai scelta".
"Ma Palombi...".
"E dagli con questo Palombi, ma non lo vedi che non s'è mosso, non gli conviene".
"Saverio è il mio persecutore, potrebbe essere una trappola".
"Non è così".
"Come?".
"Non è lui l'anonimo".
"Cosa?".

"Non puoi assolutamente tirarti indietro, sarà come Delitto e castigo".

"Non capisco".

"Mon ami hai trovato un modo un po' rischioso per sfogare il senso di colpa".

Taccio.

"Il biglietto anonimo no? Sei tu l'autore, sei diventato il delatore di te stesso".

"Non è vero!".

"Guarda che non me la bevo. Comunque devi andare a Corfù, ritrovare una sana autostima".

Zanobini.

Me lo immagino che accarezza la pipa panciuta, magari degusta un "classico".

Mi auguro sempre che sia morto così.

Quarta Parte

Alle 10 di mattina sono in arrivo nel porto di Corfù.

Vomitare mi ha fatto bene, mi sento un sacco svuotato dell'immondizia.

Scendo dal traghetto, do uno sguardo alla grigia conca d'acqua. Cerco una boa irraggiungibile.

Il taxi ha un autista minotauro: testa suina su corpo asciutto. Boccheggio per il caldo; il minotauro si accanisce su pessime sigarette.

"Strada, che strada questa?".

"Dassia, Ipsos", risponde con un grugnito.

Bocca e stomaco mi si attorcigliano in una danza nauseante; il viaggio finisce davanti a una bicocca, uno strano incrocio tra una bettola e un bazar.

Il minotauro rovescia la mano tozza.

"Duo xiliades", dice con voce incolore. Poi sgomma via tenendosi il resto.

Una ragazzetta sul rachitico sta accovacciata davanti a una tendina unta.

Ha i piedi lerci, gioca con oche altrettanto lerce.

Urla: "Mava!", sgattaiola dentro.

Un minuto dopo riappare con un donnone con una faccia da Toro Seduto.

"Toro Seduto" mi guarda storto. Dico: "Manteri Italia"; lei schiaffeggia l'aria, a dire che potevo parlare subito.

Entriamo nella bettola; "Toro Seduto"si piazza dietro un bancone fradicio, apre un registro alluvionato.

Mi tende una mano: non so se vuole un documento o un anticipo per la "lussuosa" permanenza.

• • •

"Toro Seduto" si prende l'anticipo e mi indica una scala a chiocciola. La ragazzetta mi ronza intorno.

Arriviamo in una specie di mansarda; la piccola mi indica una porta. "Tua", dice porgendo la manina.

Una stanza-cabina con una triade "invogliante": letto-giaciglio, lavello corroso, specchio sfregiato.

Mi siedo sul letto.

Mi domando se devo disfare la valigia.

Mi faccio pena.

• • •

Il pomeriggio raggiungo il centro di Corfù.

Vado all'azienda di soggiorno, mostro due foto alla ragazza del banco.

Lei scuote la testa, dice: "Sorry I don't know".

Le chiedo se sa di qualche ritrovo o comunità di italiani. Le chiedo se le dice niente la sigla BG.

Lei allarga le braccia.

Insisto: "Teatro, I want to say Teatro o Musica". La ragazza s'illumina, esplode in un "Oh you look for Paolo Martoni, you look for Paolo Martoni italian actor". Descrive alla nausea questo Paolo Martoni, si prodiga in lodi non richieste.

"Where?" chiedo brusco.

• • •

Mi smarco dalla fauna turistica.

Sfuggo al chiasso e agli odori più pesanti.

Un vicoletto. Un negoziante avvizzito.

Sputa catarro, dice: "San Rocco, tu va' San Rocco".

• • •

Arrivo in un quartiere dall'aria più europea, supero case moderne e negozi eleganti.

Attraverso un Luna Park, passo davanti al padiglione di una maga italiana.

Finalmente "Via Oikomaka". Il n° 42 è un cancello aperto. Attraverso un piazzale, mi fermo davanti a una casa colonica. Suono il campanello, nessuna risposta.

In lontananza un sottofondo musicale, voci microfonate.

Raggiungo il retro-casa: c'è un grande cortile acciottolato. In fondo, un teatro all'aperto.

Mi avvicino. Tre ragazze in sari e chador danzano sul palco. Una nuca bruna sporge in prima fila. La nuca si gira verso di me.

"Sei Paolo Martoni?".

"Sì e tu ?". Il giovanotto sfoggia due labbroni da negro.

Mi presento. Martoni ha un'aria buona, da torello addomesticato. Gli chiedo se gli ispira qualcosa la sigla BG. "Sto cercando due italiani", aggiungo.

Lui ha l'occhio fisso sul palco. Si alza, gesticola come un direttore d'orchestra. "Giovanotte break", urla.

Le tre sgambettano dietro le quinte, gorgheggiano risolini. Dopo un po' rispuntano, si siedono sul proscenio.

Il loro regista mi guarda sconsolato. "Che stavamo a dire? Ah sì, mi dispiace ma tengo la testa vuota, insomma non mi viene in mente niente, eppure ne conosco di gente ah se ne conosco, artisti, pescatori, esauriti".

Mi posa una mano sulla spalla, si avvicina al mio orecchio. Sussurra: "Senti per quella cosa lì, ti conviene andare da Pamela".

Faccio uno sguardo interrogativo.

"Pamela è un'italiana... sì una chiromante, conosce mezzo mondo, magari ti dà quello spunto che ti mette sulla buona strada, vedi che ti ci accompagno io".

"Non ti preoccupare", dico.
Insiste. Un "niagara" di parole.
"Alle 9 eh?", dice con voce salivare.

• • •

"Pamè? Pamela?".
Paolo squarcia il silenzio del mattino.
La roulotte non reagisce.
"Pamè?".
Si apre un finestrino, spunta un testone riccio.
"Pamè stavi mica dormendo eh?".
Il testone minimizza.
"Senti qua questo amico viene dall'Italia e...".
Pamela indica una scaletta. Trattengo Paolo per un braccio.
"Aspetta".
"Beh? Hai cambiato idea?".
"Forse l'abbiamo disturbata, non dice una parola".

Lui distende i labbroni, mi guarda paterno. "Francè, pensavo l'avessi capito, Pamela è muta".

Ho voglia di andarmene. Lui: "Non ti preoccupare Pamela lavora con la sfera e poi ci sono io che traduco".

Entriamo nella roulotte. Nell'aria un misto di pesce fritto e di profumo da megera.

La maga è seduta su un tappeto di cuscini, stravaccata su se stessa: un salvagente di carne per casi disperati.

Coccola in grembo la sua compagnia: una sfera di cristallo e un gattone soriano dal muso quadrato.

Stringe e allarga le palpebre, indica due cuscini rossi. Ci sistemiamo a terra, la sorvegliamo con lo sguardo. Paolo mi sgomita a un fianco: "Ha detto che puoi parlare".

Faccio un racconto conciso, mi è venuta nausea a forza di ripetere le stesse cose.

Lei annuisce; dilata le pupille, allarga le fauci in una smorfia di sonno.

Attendo.

Pamela solleva la sfera, la porta alla bocca. Ci soffia sopra con aria ispirata.

Mi rivolgo a Paolo.

"Allora?".

"Ehi calma, aspetta un momento".

Pamela posa la sfera; disegna una figura d'aria.

Poi le mani le crollano in un gesto definitivo.

"Insomma cosa cavolo sa?".

"Mo' ti spiego".

"Allora?".

"Ha detto che la ragazza è viva".

"Ma la conosce, l'ha vista da qualche parte?".

"No".

"E allora come cavolo fa a sapere che è viva?".

"Lo sa".

Mi alzo; "E mi spieghi a che caspita è servita tutta questa pantomima?".

Pamela ha l'aria seccata. Porge una mano, mi abbaglia con le sue dita inanellate.

"Cos'altro vuole?".

"Cinquemila dracme" traduce Martoni.

Mi consegna alla mia fine allargando le braccia.

Epilogo

Non doveva arrivare la sera.

Cammino per la Dassia, incrocio locali pullulanti del nulla: le insegne luminose vorrebbero lusingarmi, non sanno che è finita.

Il suono del sirtaki è la colonna sonora della mia vita: cadenza iniziale lenta, speranzosa; accelerazione orgasmica verso un destino fallimentare.

Ci vuole tanto a inondarmi il cervello di piombo?

Sono un vigliacco.

Uno che finisce in una strada sterrata.

Che si toglie le scarpe, elemosina comprensione da una spiaggia.

Una luna mi guarda materna. Ancora una notte. Una notte veglia desideri impossibili.

Mi lascio andare al sirtaki, inseguo la sua scia sonora.

Intravedo dei locali a palafitta.

Poi mi allontano dalla spiaggia, raggiungo il viottolo che porta ai locali.

Incappo in un cartello pubblicitario: la foto di un uomo con la barba grigia. Mi rivolgo a un barista, mi faccio tradurre la scritta. "Maestro italo greco Barna Gheorgentos, trattamenti decisivi contro esaurimenti e depressioni".

Barna Gheorgentos...

BG.

Inizio a correre.

Corro lungo la battigia, corro per la strada sterrata, corro per la Dassia.

Mi vengono addosso lampioni baffi scollature facce: un'informe faccia sudata cerca di divorarmi.

Il cielo lacrima.
Mi infilo in un taxi come in un'ultima trincea.

• • •

Un portone di legno. Un lampo lo illumina a giorno.
Premo il pulsante. Una voce asessuata chiede.
"Devo parlare col dottor Gheorgentos".
Silenzio.
"Pavtebou?", dice la voce.
"Per favore, sto male".
"Primo".
C'è un androne striminzito con una luce fioca, intermittente.
Salgo per una scala ripidissima, la mano sul revolver.
Mi piazzo di fianco all'unica porta: ho la schiena appiccicata al muro, l'arma rivolta verso l'alto.
Un rigiro di chiave: spunta una testa cotonata.
"Tenga le mani in alto!".
"Mava!", urla un vecchio Buddha dall'aria femminea.
"Dov'è il dottore?".
Il vecchio balbetta, una voce cavernosa si sovrappone. L'uomo del manifesto. Occhi familiari su tratti inconsueti. Viene avanti con le mani alzate.
"Entri, entri per carità".

• • •

Il Buddha mi guarda implorante; il suo capo l'ha agghindato con una corda.
Controllo i documenti del barbuto: sembrano in regola.
"Posso abbassare le mani?".
"Smettila!".
"Mi consenta di spiegarle".

"Fuori le tasche!".
"Cosa?".
"Le tasche dei pantaloni!".
Esegue inebetito.
Scrosci d'acqua battono alle finestre: spiano la sua mortificazione.
"Perché mi tratta così?".
"Dov'è?".
"Posso abbassare le mani?".
"Dov'è?".
"Una preghiera, mi deve promettere di stare calmo".
"Parla!".
"Non è qui".
"No. No no no". Abbasso il revolver.

Un tuono squassa l'attesa.
Ci guardiamo negli occhi: BG ha un'espressione terrorizzata, rivoli di sudore gli inumidiscono la barba.
"Mi segua".
Andiamo in un tinello.
"Dov'è?".
"Al sicuro".
"Dove?".
"Lei ci tratti da uomini".

• • •

BG mi parla in tralice, fissa un televisore spento.
"Ha tracannato alcol e pastiglie".
"Dov'è?".
"Sarebbe inutile".
"Spiegati".
"Hanno detto che deve riposare, qualsiasi emozione le sarebbe fatale".

• • •

Faccio slegare il Buddha.

Lui scodinzola, si accuccia su un inginocchiatoio.

Il suo capo sospira.

"Sono stato io a chiamarla l'altro giorno".

"Motivo?".

"Tempo fa ci aveva provato Micol, se n'è pentita subito dopo. Quando ho capito la verità ho telefonato io al posto suo".

Grido: "Ma allora perché hai chiuso la comunicazione? Perché?".

BG si avvicina alla parete. Fissa il ritratto di un bambino biondo.

Singhiozza, la testa appoggiata al muro.

Dopo un po' smette di piangere. Si gira lentamente verso di me. Mi fissa.

"Ci tiene molto a lei vero?", chiede rassegnato.

"Finiamola con questa commedia".

"Io voglio solo capire".

"Smettila".

"La capisco".

Sorride. I denti... sono intatti.

• • •

BG è seduto su una poltrona che odora di vecchio pneumatico, io mi arrabatto su uno sgabello.

Mi alzo di scatto, gli vado vicino. "Cosa ti ha detto?".

BG continua a fissare il televisore.

"Allora?".

Lui sospira. Poi: "Quando mi ha raccontato la sua storia, ho subito pensato al mio bambino morto qualche anno fa. Stessa carnagione delicata. Stesso candore".

Abbasso lo sguardo. "Ma... dov'era finita?", chiedo con un filo di voce.

BG si alza, cammina verso la parete. Guarda di nuovo il ritratto.

"Ha raggiunto Torino, s'è nascosta in casa di amici. Ha tagliato e tinto i capelli. Poi è volata a Mykonos con un passaporto falso. Ma perché mi fa parlare... lei sa tutto no?".

Deglutisco. "E cosa ha fatto tutto questo tempo?".

BG sospira. Poi mi trafigge con un tono ironico. "Che cosa ha fatto? A Mykonos l'ha raggiunta un tipo strano, caro signore. Era stato il suo compagno per molti anni; una persona instabile, umorale; lei con fatica era riuscita a sottrarsi. Lui le ha raccontato di un amico morto, diceva di averne assorbito la personalità. Ha cercato di coinvolgerla nelle sue stravaganze. Amore libero, rituali orientali. Le aveva persino vietato di leggere i giornali.

Per un po' lei è stata al gioco, poi ne ha avuto abbastanza. Ha letto di me su un quotidiano, mi ha raggiunto".

• • •

BG si alza. Cammina come un automa verso una madia.

Apre uno sportello.

Prende un'ampolla con un liquore arancione, riempie due piccoli bicchieri.

Una fune ipnotica mi lega a quella sedia.

Intanto il Buddha esce dal suo torpore; fa vibrare la bocca come un coniglio spaventato.

BG fa un cenno con la testa.

Il Buddha si alza, si trascina fuori dalla stanza.

Butto giù quel liquido infuocato.

Domando: "Che fine ha fatto quel tipo?".

"Qualche giorno fa è arrivato a Corfù".

"Cos'altro vuole?".

"Non lo so. Dice che per lei è disposto a tutto, anche a disprezzare se stesso".

Piange. Sorseggia la pozione della sua infelicità.

BG.
Ci abbracciamo.

• • •

Il Buddha.
Fa capolino, ansima. Occhieggia il suo capo.
BG mi fa cenno di seguirlo.
Camminiamo per un corridoio.

• • •

BG mi precede, spinge una porta socchiusa.
Una stanza in penombra. Un letto matrimoniale.
Cerulea. Tornata bambina sotto le lenzuola rimboccate.
BG le tasta il polso. Poi mi guarda sconsolato.
Non ci credo.

• • •

Cammino a testa bassa, continuo a non crederci.
Voglio che ti muova.
Voglio che ti muova.
Voglio…
Piccole palpebre si schiudono.
Spruzzi. Spruzzi di speranza turchina.
Poi una mano minuscola.
Si muove, cerca la vita.
"Ci andiamo Micol?".

Corfù, 9 giugno.

Stasera la mia bettola ha un tetto di stelle.
Un quaderno aperto mi lusinga.

Sorveglio quella porta, la mia bambina è fuori pericolo.

D'improvviso una voce... mi sfiora la nuca.

Micol ha la vecchia camiciona rosa.

"A chi mi devo rivolgere al giudice o allo scrittore?".

"Non capisco".

"Perché hai voluto inventarmi?".

"Come?".

"Non mi hai risposto".

"E cosa ti devo rispondere?".

"Sei cattivo".

"Cattivo", ripete.

Piange. Si siede sul bordo del letto.

Poi si alza, cammina verso il lavello.

Mi parla rivolta allo specchio.

"Io stavo bene nel mio nulla Francesco. Ero guardinga, disposta ad aprirmi solo a chi mi meritava. Ma sei arrivato tu, l'autore di turno. Hai insistito. Dicevi che ero l'ideale di donna che serviva al tuo romanzo".

"Smettila, non mi piace questo gioco".

Svanisce in una scia luminosa. Ricompare sulla sponda del letto. "Mi sembravi un autore interessante di cui un personaggio di carta si può anche innamorare. Ma poi ho capito".

Singhiozza. "Non facevo che pensarti, ero pronta ad esaudire ogni tuo desiderio. Ah se mi hai ripagato...".

Mi tappo le orecchie. Scrivere. Solo scrivere.

Scri... "Mi tradivi in ogni modo. Mi mortificavi creando altre donne, divagavi verso personaggi inconsistenti".

"Non è vero!".

"Ma c'era qualcosa di più grave. C'erano periodi in cui smettevi di scrivere. Mi facevi aspettare giorni e mesi, dicevi che potevi fare a meno di questo romanzo.

E allora ti chiedo. Perché mi hai cercata?".

Parole secche non sciolgono un nodo.

"Francesco dimmi che...".
"Che cosa?".
"Che...".
"?".
"Che non è finito, questo romanzo".

• • •

Scrivo.
Navigo nel tempo.
Oscillo tra memoria e indagini di senso.

• • •

Un saluto affettuoso all'avvocato Zanobini morto improvvisamente qualche giorno fa.

Micol, Saverio, Zanobini: tre figure chiave che hanno impreziosito la mia vita.

Mi hanno insegnato che non si può ferire l'amore.

Per quanto oltraggiato esso continuerà a crescere.

Testardo e perenne come un'edera rigogliosa.

FRANCESCO MANTERI.

Indice

Prima Parte 11

Seconda Parte 51

Terza Parte 91

Quarta Parte 127

Epilogo 133

I Tascabili noir

Antonio Caron, *L'anziano ficcanaso*
Enrico Ratto, *Vicoli*
Marco Leto, *L'intrattenimento*
AA.VV., *Sapore di Al@ssio*
Maria Masella, *Morte a domicilio*
Luciano Bellé, *La trentaseiesima orazione di Lisia*
Antonio Caron, *La donna alla fermata*
Davide Stasi, *Congiura azzurra*
Giampietro Stocco, *Nero italiano*
Antonio Caron, *La ragazza con il cane al guinzaglio*
Andrea e Giovanni Cara, *Salto di specie*
Alain Monnier, *Un amore di Parpot*
A.A.V.V., *L'imprevisto*
Alain Monnier, *Firmato Parpot*
Antonio Caron, *La lustraressa di Vicenza*
Bruno Morchio, *Bacci Pagano - Una storia da carruggi*
Maria Masella, *Il dubbio*
Mario Cennamo, *R. Aufheben - Un Torquemada in Albenga*
Michele Branchi, *Il trittico del tempo*
M. Carloni-A. Perria, *Il caso Lampis*
Carlo Musso, *Delitti dal Vangelo secondo Giovanni*
Claudio Bo, *Balbiquattro*
Maria Masella, *La segreta causa*
Jacopo Martini, *Cerchi concentrici*
Mario L. Colangelo, *Niente da perdere*
Bruno Pampaloni, *Li vuoi tutti morti*
Antonio Caron, *La garçonniere di Monza*

Finito di stampare nell'aprile 2005
DALLA TIPOGRAFIA ME.CA - RECCO - GENOVA
PER CONTO DELLA FRATELLI FRILLI EDITORI srl - GENOVA

Printed in Italy